KB061267

여기가
아니면
어디라도

여기가
아니면
어디라도

이다혜 지음

위즈덤하우스

● ■ ▶

contents

세계의 끝

유치원부터 대학까지 같은 학교를 다닌 동네 친구 R은, 대학생이
된 어느 날 이런 이야기를 들려주었다.

"엄마가, 나 어렸을 때, 봉천사거리 너머가 바다라고 했었다? 자꾸
싸돌아다니니 걱정이 돼서 한 말이겠지. 그런데 정말 그런 줄 알고
있었다니까."

그 정도는 아니어도 언제나 경계를 염두에 두고 살아왔다. 물리적
으로든 정신적으로든 상징적으로든, 한계선이 어딘가에 있다고. 그
게 어디인지를 알고 싶었고 또한 모르고 싶었다. 있는 곳에서 타협
하는 법을 배워야 어른이라고.

대단한 모험가는 아니었다. 나는 편도 티켓을 사본 적이 없다. 나의 여정은 언제나 떠났던 곳으로 돌아오는, 닫힌 원 모양이었다. 그리고 그 원을, 무한에 가깝게 반복해서 그리고 싶었다. 언제나. 지금도. 자꾸 떠나지 못해 안달하기 때문에 개나 고양이와 같이 살기 어렵고, 다른 사람과 같이 살기도 어렵다. 이 상태가 좋다는 걸 이해시킬 필요가 없는 사람들과 가깝게 지낼 수 있다는 건 다행이다. 이 상태가 언제까지고 지속되지 않을 것임을 알고 있다. 하지만 여행을 다니면서 내가 알게 된 것은, 여행이 일상을 벗어난 아주 특별한 상태가 아니라 일상의 연장이라는 것이다. 일상에서 완전히 벗어난, 이른바 '편도행 티켓'을 끊어 어디론가 떠나버리는 사람들에 대한 존경의 마음도 있지만, 그건 나의 것은 아니다. 아마 그런 여행은 나의 죽음, 그것으로 한 번일 것이다.

어렸을 때 가족여행으로 제주도를 갔을 때 일이었다. 제주도에 아버지가 일하는 현장이 있어서 나름 자주 갔는데(제주도에서 맛있다는 건 다 그때 먹었다), 허름한 모텔부터 특급호텔까지 다양한 숙소에 묵어봤다. 처음으로 하얏트호텔에 투숙하게 되었을 때 일이다. 역대 최고 비싼 숙소였으므로, 기분을 낸 김에 오션뷰인 방을 얻기로 했다. 그리고 밤이 되었을 때, 우리 가족은 몹시 고통받았다. 어머니는 파도 소리 때문에 잠을 전혀 잘 수 없었고, 어머니가 잠 못 들자 아버지가 잠들 수 없었고, 나와 동생도 그 고통에 동참하게 되었다. 내게 여행이란 그날 밤과 같은 것이다. 그게 어떤 것인지는, 그곳에 있어본 사람만이 알 수 있다. 보기에 아름다운 것과 그 안에 있기에 아름다운 것의 차이를. 그리고 양쪽을 모두 좋아하는 법을 배운다. 어느 것도 좋기만 하거나 나쁘기만 하지 않다.

좋던 것이 나빠지는 것, 나빴던 것이 좋아지는 것도 경험해보면 더 잘 이해하게 된다. 사회생활에서 나빴던 것이 좋게 기억되는 일은 거의 없다. 하지만 여행에 관해서라면 악몽에 가까웠던 많은 것들이 웃음과 함께 좋은 기억으로 남곤 한다. 실제 경험과 기억 사이에 발생하는 왜곡은, 밥벌이가 매일의 고민인 사람들의 발버둥 아닐까.

그런 뻔한 것들을, 일상의 영역에서보다 더 즐겁고 덜 아프게 배우는 게 내게는 오랫동안 여행이었다. 경험이 오래 쌓이니 사건 사고도 많았고 실제로 앓아누운 적도 꽤 있지만, 그 모든 것을 집에서 출퇴근하며 겪었다면 더 고통스러웠으리라. 뭘 해도, 일단 집이 아닌 곳에 있는 것만으로 좀 참을 수 있을 듯한 기분이 된다. 여행이라는 환상에 돈을 지불하는 이유.

책 제목은 위즈덤하우스 편집부에서 지었다. 본문 챕터 제목 중하나로 내가 지은 것인데, 그 제목이 책 제목으로도 좋아서 채택된 것으로 알고 있다. '여기가 아니라면 그 어디라도'는 시인 보들레르의 시에서 가져온 것으로, 내가 처음으로 혼자 여행을 떠났던 고등학교 2학년 때 이미 내 안에서 체화된 표현이었다. 김용언 작가의

《문학소녀》를 읽다가, 그 표현이 내면화된 큰 이유는 중고등학교 때 읽었던 전혜린 때문이겠구나 깨달았다. 여기서는 행복해질 수 없다는 느낌 때문에 늘 어디론가 떠나고 싶어 했지만, 지금의 나는 믿는다. 지금, 여기서, 행복할 수 있어야 한다고.

직장생활을 하며 주말이나 휴가를 이용해 놀러 다녔고, 직장을 그만두고 새 직장을 얻는 사이에 놀아본 적이 없으므로, 본격적으로 여행을 다니기 시작한 스물네 살 이후 내 여행 스타일은 최장기간 안식월을 이야기하는, 근본적으로 주말여행이다. 그러니 2개월 이상, 체류형 여행이나 세계일주를 하려는 이들에게는 부족한 이야기가 될 수 있다는 점을 미리 말해두고 싶다. 그렇게 모든 것을 내려놓고 떠나보는 경험이 눈을 뜨게 해주고, 그것이야말로 여행이라고 말할 수 있다고 생각하는 사람들도 많다. 내 주변에도 그런 사람들이 적지 않다. 떠났을 때만 '나'일 수 있는 사람들은 나름의 행복을 찾은 이들이겠지만, 나는 떠났을 때만 자기 자신일 수 있는 사람이고 싶지 않다. 결국 이 책에서 하는 이야기는, 나라는 인간의 통일성을 지키기 위한 방법으로서의 여행이다. 이곳에서의 삶을 위한 떠나기.

여기가
아니면
어디라도

떠나는
찰나의
중독성에
대하여

찰나의 중독적인 느낌이 있다. 어느 찰나일지는 당신이 정한다. 차표를 끊는 순간, 휴가계를 제출하는 순간 등.

요즘엔 비행기에서 일회용 물티슈를 주는 경우가 많지만, 전에는 언제나 식사 전에 따뜻한 물수건을 나눠주었다. 나는 이 순간을 정말 좋아했다. 돌아오는 비행기에서도 그 순간이 좋았다. 갑자기 가슴 벅찬 기분이 된다. 떠나왔다는 기분, 어디론가 간다는 기분. 작가 올리비아 랭의 표현을 빌면, "다른 곳으로 옮겨가려 할 때 다가오는, 기운이 고무되는 그 느낌".

노벨문학상을 받은 소설가 여섯 명 중 네 명꼴로 알코올중독이나

의존증을 보였다. 올리비아 랭은 그들 중 테네시 윌리엄스, 어니스트 헤밍웨이와 F. 스콧 피츠제럴드, 존 치버와 레이먼드 카버 등의 삶을 통해 알코올중독과 문학창작에 대해 이해해보고자 노력했다. 그들의 공통점 중 하나는 방랑벽이었다. 《작가와 술》은 미국횡단기이기도 한데, 그들이 그만큼 많이 이동하며 살았기 때문이었다. 그들은 다른 곳에서 살기 위해 이동했다. 하지만 여행을 위해 매일 출근해 돈을 버는 많은 사람들은 그저 아주 잠깐, 집이 아닌 곳에서 잠들기를 소망하는 정도다.

나는 여행을 떠나면 진정한 자아를 발견할 수 있다는 말을 싫어한다.

우리는 여행에 무엇을 가지고 가는가? 나 자신을 가지고 간다. 속옷 한 장 없이 떠날 수 있지만 나 자신이 없이는 아무 곳에도 가지 못한다.

진정한 자아는 어디 있는가? 성지에? 템플스테이에? 인도에? 내 자아는 내 집, 내 방에 있지 않을까? 전혀 익숙하지 않은 공간에서 비일상의 경험을 하며 자아를 찾는 일이 가능하다면, 그런 생활을 지속해야 할 일이다. 결국 집으로 돌아오는 왕복 여정을 떠난다면, 내 자아가 가장 오래 머무는 곳의 상황을 주시할 일이다.

여행이 어떠해야 한다는 말이 많다. 최소한의 돈을 가져가서 여러 가지로 부딪혀보라는 말도 있고, 지금껏 가보지 않은 오지에서 지도 밖으로 행군하라는 말도 있다. 여행카페에는 일정을 봐달라는 요청이 줄을 잇는데, 최선의 일정을 짜 남들 하는 것을 다 하라는 쪽과 그런 건 여행이라 부를 수 없다는 한탄이 늘 맞부딪힌다. 다 자기만의 철학이 있다.

내가 여행과 관련해서 유일하게 되뇌는 점이 있다면, "예정대로 되지 않는 일을 받아들일 것." 오로지 그것을 더 여유 있게 경험하기 위해 여행을 떠난다. 매일의 삶에서 예정대로 되지 않는 일은 내 힘으로 돌파가 불가능하다. 하지만 여행지에서라면 더 부드럽고 가볍게, 가려고 한 식당이 문을 닫거나, 박물관 입장 줄이 너무 길어서 관람을 포기하거나, 화산재가 날아와서 비행기 운항이 취소되는 일을 통해 포기하는 법을 배우고 변수를 받아들인다. 아마도 나는, 평상시에 대충 '해치울' 수 없는 것들을 해버리기 위해 여행을 가는 것 같다. 여행지에서의 선택은 대체로 자유롭다. 여행지에서 실패해도, '이곳'(사실 이승이라고 말하고 싶은 심정이다)에서의 삶에 크게 영향을 미치지 않는다. 아, 카드대금이 있군.

여행지 결정이 생명을 좌우하는 일도 있다. 나는 여행금지구역으로 지정된 곳은 가지 않는 주의의 여행자다. 마치 커트 보네거트의 《제5도살장》에 나오는 기도문과도 같은 것이다. "하느님 저에게 허락하소서. 내가 바꾸지 못하는 것을 받아들이는 평정심과 내가 바꿀 수 있는 것을 바꾸는 용기와 늘 그 둘을 분별할 수 있는 지혜를."

여기가
아니면
어디라도

"숨이 막힐 것 같아서."

끄덕끄덕. 숨이 막힌다잖아, 응?

아침에 이불을 뒤집어쓰고 천장을 보고 중얼중얼. 하루에 열 번씩 통장 잔고를 확인해보지만 잔고는 언제나 부족하다. 통장 잔고 확인 횟수로 돈이 불어난다면 나는 지금쯤 억만장자가 됐을는지도 모르는데, 중얼중얼. 아, 그러고 보니 돈은 없지만 할 일은 많지. 한숨. 계속 도돌이표식의 고민을 반복하다 잠이 드니 꿈속에서 이근화의 시가 나를 부른다. '먼 나라에서 에리카가 편지를 쓸 때'.

"날마다 다른 도시로 가서 빵과 맥주를 샀지 하루 종일 걷고 아침

저녁으로 달렸어 귀찮고 나른한 여행이었어"라는 시구를 혼자 랩하듯 읊으며 여행을 하는 꿈이다. 미로 같은 골목 안에서 길을 잃고, 이상한 나라에서 온 깊고 푸른 글자들 속에서 춤을 추고, 낯선 도시에서 구운 빵과 신맛의 맥주를 먹고 마시고, 내가 해독하기 어려운 그림을 포함한 편지를 읽는다. 혼자 정처 없이 걷다 지쳤는지, 다리에 쥐가 나 잠에서 깬다. 새벽의 차가운 공기 속에서 코가 차갑다. 낯선 골목의 시작도 끝도, 결국 내 방이다. 어쩐지 지긋지긋하도록 안온한 아침이다.

일본 밴드 쿠루리의 노래 중 〈Highway〉라는 곡이 있다. 영화 〈조제, 호랑이 그리고 물고기들〉에도 수록된 곡이다. 이 노래는 여행을 떠나는 이유는 거의 100개 정도가 있다면서 시작한다. "첫 번째는 여기서는 아무래도 숨이 막힐 것 같아서, 두 번째는 오늘 밤 달이 나를 유혹하기 때문에, 세 번째는 운전면허를 따도 괜찮지 않을까 하는 생각에." 무언가 거대한 일을 할 거라고, 분명, 그리고 이내 덧붙인다. 여행을 떠나는 이유 따윈 무엇 하나 없다고.

그냥 떠나고 싶어서 핑계를 만든다. 나는 너무 지쳤어. 잠깐 여기서 끊어갈 타이밍이라고 느낀다. 좋은 것을 보고 좋은 생각을 하고 싶어졌어. 아주 멀리까지 내다보면 무엇이 보일까 궁금해.
신발이 발에 너무 잘 맞아서, 여권에 빈 칸이 많아서, 경주에 가본지 오래되어서, 나이 들기 전에 뭐든 더 해보고 싶어서, 핸드폰 사진

첩에 매일 먹는, 같은 음식 사진만 한가득이라서.

그냥 그러고 싶어서.

여행지는 버킷리스트에서 가장 자주 보이는 아이템이다. 누구의 버킷리스트에나 색다른 여행지 한 곳쯤은 들어 있다. 아주 먼 곳, 여름휴가로는 가기 어려운 곳. 지구의 반대편 혹은 우리가 살고 있는 행성 너머 어딘가.

나는 죽기 전에 꼭 가보고 싶은 곳에 대해 사람들에게 묻고 듣기를 좋아한다.

나에게는 살고 싶은 곳은 몇 곳 있지만 죽기 전에 꼭 여행하고 싶은 지역은 없으며(너무 많아서 오히려 꼽지 못하는 경우에 가깝겠지만) 어딜 가고 싶은 것보다는 왜 가고 싶은지의 사연이 더 재미있다. 비일상에 대한 상상의 극한. 예를 들면 내가 당장 떠올릴 수 있는 여행

지 몇 곳(가고 싶지만 아마도 가지 못할 거라고 벌써부터 체념하고 있는)
은 이렇다.

• 배 타고 나일강 여행하기: 최고급 크루즈부터 뗏목까지 다양한
옵션으로 여행이 가능하다고, 고고학을 전공하느라 다양한 나일강
크루즈를 경험한 사람이 말해주었다. 밤이 되면 찬찬히 물을 따라
떠내려가며 쏟아질 것처럼 하늘 가득 별이 들어찬 밤하늘을 이불처
럼 덮고 잔다고 했다. 편의시설이 없는 배일수록 더 좋다고. 그 말을
하던 분이 그 순간만큼 인디아나 존스처럼 보인 적이 없었다.

• 알렉산드리아 도서관: 10대 때 내가 가장 좋아했던 이야기 중
에는 세계 몇 대 불가사의가 있었다. 시대불문하고 어디든 갈 수 있
다면 알렉산드리아 도서관이 있던 시기의 알렉산드리아에, 나는 꼭
가보고 싶다. 사실 세계 몇 대 불가사의의 장소, 다 가보고 싶다. 가
능하면 가장 번화하던 시기에. 너무, 망상형 소원이지만.

• 열흘 이상의 시간이 필요한 모든 곳: 직항 비행편이 없거나 현
지 이동 시간이 절대적으로 요구되는 곳. 즉, 포르투갈, 아이슬란드,
브라질(리우 데 자네이루부터 아마존까지), 칠레(특히 모아이 섬), 중국
(서안에서 최소한 한 달) 등.

아버지는 고건축 일을 하셨다. 그게 뭐냐면, 궁궐이나 절집을 고
치는 일이다. 아버지가 현장 출장을 갈 때 아주 가끔 따라가곤 했는
데, 그때 본 한국의 정원들을 무척 좋아했다. 그래서 내가 지금도 정

원 구경을 좋아하는 것 아닐까. 아침에 사람이 한 명도 없는 비원(창경궁 후원)을 구경한 일은 꿈처럼 기억에 남아 있다. 나는 고등학교 때 설계사나 조경사가 되기를 원했지만, 한국의 교육 시스템상 수학과 과학을 못하는 학생은 그런 일을 하는 학과로 진학이 불가능했다. 가능했다 한들 진짜 그렇게 진학했을지, 그 계통의 직업을 가졌을지는 모르겠지만.

아버지는 어쨌거나, 내가 기억하는 한 잉카의 유적지를, 페루 마추픽추를 가고 싶어 했다. 초등학교 때부터 그 얘기를 들었다. 왜 가고 싶은지(그곳의 건물은 거대한 돌로 지어졌는데 종이 한 장도 들어갈 틈이 없이 건설되었다는 얘기), 어떤 곳인지(금괴를 찾기 위한 스페인 사람들의 탐욕과 사라진 금괴에 대한 전설) 수도 없이 들었다.

그에게는 페루가 생각할 수 있는 가장 먼 곳이었다. 가는 데 돈이 많이 드는 곳이었다. 시간이 한참 걸리는 곳이었다. 그리고 그 자신의 관심사를 제외하고는 굳이 갈 필요가 없는 곳이었다. 오래 간직한 낭만의 정점이었다. 언젠가 나이 들고 나서, 한번 꼭 갈 거라고 했었다. 가기 전에 돌아가셨지만.

나는 처음으로 혼자 떠난 여행이 첫 해외여행이기도 했다. 시드니 오페라하우스가 잘 보이는 공원 풀밭에 앉아, 스프링클러가 돌아가면서 물방울을 빛나게 하는 모습을 보며, 살아서 경험하는 이런 행복을 가족과 함께 누리고 싶다고 생각했다. 같이 이 광경을 보고 싶다고. 좋을 때 그런 생각쯤은 누구나 한다. 그런 생각을 하는 자기 자신을 바라보며 감상에 젖는 일은 쉽다. 집으로 돌아오고 일주일도 되지 않아 사라지는 것들.

어머니는 일본어를 잘했다. 같이 살며 나와 동생을 키워주신 외할머니도 일본어를 잘했다. 어머니가 아버지와 싸우고 나면, 우리가 알아듣지 못하게 아버지 흉을 보기 위해 어머니와 외할머니는 일본어로 대화했다. 아버지가 일본 출장을 갈 때 어머니가 동행한 적도 여러 번이었다. 어머니가 나와 일본에 처음 갔던 때, 당시의 나는 일본어 무능력자라 어머니가 모든 의사소통을 전담했다.

아버지도 나도 남동생도 여행을 좋아했다. 어머니는 그렇지 않았다. 여행갈 돈이 있으면 차라리 용돈이나 생활비로 받기를 원했다. 이것은 가족 구성원들이 자기 좋을 일은 생각할 줄 알면서 실제 생활이 돌아가게 만드는 데 무관심할 때 벌어지는 일이다.

어머니는 같이 여행하기에 좋은 사람은 아니었다. 어머니는 제주도 하얏트호텔에서 웃돈을 주고 기껏 바다 방향 방을 잡은 뒤 파도 소리가 들리면 잠을 한숨도 자지 못했고, 그 사실을 가족 모두가 공유해야 한다고 믿는 사람이었다. 해가 지면 약을 먹고 잠들어야 했고, 잠을 제대로 자지 못하면 모든 가족이 재앙에 처했다. 언제나 어머니가 돈에 대한 스트레스를 받았기 때문에 여행지에서 뭘 먹거나 사거나 할 때마다 흥정하는데 실랑이가 이만저만이 아니었다.

나는 사회생활을 하고 돈을 벌게 되면서 명절 때면 언제나 여행

을 갔다. 거의 예외 없이. 외할머니가 돌아가시고 아버지가 돌아가
시고 나자, 어머니는 나의 여행을 견딜 수 없어 했다. 내가 착한 딸
이어서 어머니의 바람대로 집에 있었다고 쓰고 싶다. 그렇지 않았
다. 어머니가 싫어한 건 여행이 아니라, 예측 불가능한 상황에 놓이
는 일, 무책임하게 낭만을 좇는 가족들 뒤치다꺼리, 그 모든 일 때문
에 편히 쉴 수 없는 밤, 혹은 여행을 떠난 사람들 뒤에 남겨지는 일
이었다. 지금도 생각이 여기에 미치면 자다가 벌떡 일어난다. 그리
고 다시 잠들기 어렵다. 어머니가 견딜 수 없었던 것들을 하지 않고
는 내가 계속 살아 있기 어려웠던 부분에 대하여 생각하다 보면.

누군가는 떠나기를 꿈꾸고, 누군가는 아무도 떠나지 않기를 꿈꾼
다. 하지만 결국 모든 조건이 똑같이 주어졌다고 해도—어느 정도
의 무책임, 모험심 그리고 책임 전가—떠나기를 꿈꾸거나 떠나지
않기를 꿈꾸는 상태는 그대로일까. 떠나려는 욕망은 안에서부터 오
는가, 밖에서부터 오는가. 둘의 상호작용 중 어느 쪽이 더 결정적인
힘을 발휘하는가.

나는 늘, 어머니에게, 마음대로 하시라고 말했다. 원하는 대로 하
시라고. 선거 때 몇 번을 뽑을지, 무슨 영화를 볼지, 무슨 음료수를
마실지 알아서 하시라고. 어머니가 원하는 것이 자유를 가장한 무관
심이 아니라, 무엇을 하면 좋을지에 대한 시시콜콜한 설명이라는 것
을, 나는 받아들이지 않았다. '마음대로'라는 선택지 없이 인생의 팔

할을 산 사람을 위해 어떻게 해야 좋았을까.

일행이 있는 여행을 다녀오고 나면 반드시 혼자 떠나는 여행을 또 가야 성이 차는 나와(일행 유무에 따라 여행은 완전히 다른 장르로 나뉜다), 가족이 함께 가는 여행이 아니면 아예 돈이 낫다는 주의의 어머니는 얼마나 같고 다른 사람인 걸까. 어머니가 좀 더 건강했다면 달랐을 것이다. 하지만 이 이야기를, 지금의 나는 더 길고 자세하게 할 준비가 되지 않았다.

외할머니는 제주도보다 더 먼 곳으로 여행을 가본 적이 없었다. 나는 외할머니를 모시고 일본에 가기보다 일본에서 책을 잔뜩 사오는 편을 택했다. 미야베 미유키의 시대 소설과, 《음양사》 시리즈, 그리고 이제는 기억도 나지 않는 책 수십 권. 그때는 겨우 취직한 직후였으니까, 돈을 더 벌면 '나중에'라고 생각했다. 변명에 불과했다는 걸 시간이 지나고 깨닫는다. 무엇이든, 지금이 그 나중이다.

"아아, 나도 올해는 힘내야지! 좋은 일을 할 수 있는 때가 있는 법이니. 일본은 요사이 어떤가요? 또 이상한 이즘이 유행하고 있습니까?" 여행을 떠나와, 두고 온 것들을 막연하게 근심하는 감각이란 정말 근사하지 아니한가. 돌아가면 새로운 마음으로 시작할 수 있을 듯싶어지고, 심지어는 나 자신이 정말 달라진 기분이 되기도 한다.

한껏 감상에 젖은 문장을 쓴 이는 하야시 후미코다. 나루세 미키오의 영화 〈부운〉의 원작인 《뜬구름》을 썼고, 또한 나루세 미키오가 동명의 영화로 만든 《방랑기》는 그녀의 히트작이다. 1930년 펴낸 《방랑기》는 후쿠오카 현 출신으로 도쿄에 상경해 온갖 직업을 전전하며 가난하게 살았던 자신의 삶을 녹여낸 작품이었다. 근대 일본 여성의 가난과 순탄치 못한 연애, 도시에서의 삶을 그 누구보다 치열한 방식으로 살아내고 글로 옮겨 적은 작가다. 그녀의 《삼등여행기》가 이번에 출간되었다. 앞선 인용은, 런던에서 혼자만의 시간을 보내던 하야시 후미코가 쓴 글 일부다.

1931년 도쿄에서 출발한 하야시 후미코는 시모노세키 항을 거쳐 부산, 서울을 거쳐 러시아를 통해 유럽으로 향했다. 여행기는 러시아에서부터 시작한다. 식민지였던 조선을 지나며(비용 정리한 부분을 보면 초고속으로 '통과'한 것으로 보인다) 그녀가 본 것은 무엇이었을지 궁금하지만 쓰지 않았으니 알 수 없다. 보고 싶은 것으로 향하는 여정이라는 특징은 이 책의 다른 부분에도 묻어나 있다. "런던의 일부 평화주의자는 대장 나라 일본이라고 낙인찍고 있건만, 청일전쟁부터 이노우에 암살까지가 일본을 점점 대장 나라로 만드는 듯합니다. 싫증나는 이야기입니다."

그것은 《삼등여행기》의 힘이기도 하다. 21세기를 사는 우리는 하야시 후미코보다 빠르고 편하게 여행을 할 수 있을지 모르지만, 그녀가 본 1930년대 초의 하얼빈과 파리, 런던은 보지 못할 테니까. 무엇이든 허기진 눈으로 바라보며 그 안으로 기꺼이 들어가는 하야시 후미코의 발걸음을 따라 길을 나선다. 힘껏 누리는 것들은 모두 공짜로 얻을 수 있는 것들이고, 그 와중에 신경 쓰이는 것은 돈 들 일이다. 숙소의 붉은 꽃무늬 벽지가 신경 쓰이는 와중에 하는 생각은, 여기서 병이라도 걸려 무일푼이라도 되는 날엔 그야말로 비참하겠

구나 하는 근심이다.

　매일 남은 돈을 세고, 쓸 돈을 센다. 눈앞의 것을 즐기는 기분과 거기에 드는 비용을 버거워하는 기분이 교차해 마음을 괴롭힌다. 가난을 호소하는 사람을 만나면 한 달에 얼마로 사는지 묻기도 하고, 그것을 일본 돈으로 계산해보기도 한다. 그렇게 얻어낸 순간들을 소중하게 마음에 담는다. 파리의 카페에 대한 묘사는 이렇다. "그곳에는 손자 녀석의 흥을 보는 할머니들도, 체스에 온통 정신이 팔린 청년들도, 맹연습을 거듭하는 어린이 음악단도 없습니다." 마음에 드는 것들 사이에 있다. 그 기록을 남긴다.《삼등여행기》를 읽는 즐거움이다.

　"나는 숙명적인 방랑자다. 나는 고향이 없다."《방랑기》에 이렇게 적을 만큼 여행이 소중했던 하야시 후미코에게, 아마도 바라는 삶, 삶의 이상이 여행은 아니었을까. 할 수 있는 한 멀리 떠나기 위해 노력하기. 귀국해서는 또 원고를 쓰고 또 여행을 떠나기. 나 역시 크게 다르지 않은 식으로 살고 있지만, 하야시 후미코의 여행은 훨씬 더 절박한 이유로 시작되었다.《삼등여행기》의 옮긴이의 말에 그 사연이 적혀 있으니 궁금한 분은 참고하시길. 하지만 거기까지 갈 필요도 없다. 매일 돈을 따져가며 원하는 것을 조금씩 얻어가고, 가능한 충만하게 경험하기 위해 노력하는 모습은《삼등여행기》의 행간에서 잘 읽힌다. 그리고 그녀의 소설을 읽은 독자라면, 혹은 그녀의 소설을 바탕으로 만든 나루세 미키오의 영화를 본 이라면, "마음이 따스

해지는 글을 쓰고 싶다!"고 외치는 하야시 후미코의 문장에서 울컥 솟아오르는 슬픔을 경험하리라. 자신이 할 수 없는 것을 욕심껏 말해보기야말로, 여행이 주는 가장 큰 선물. 집이 아닌 곳에서만 바랄 수 있는 소망.

가난해도 행복할 수 있다, 오히려 가난해야 행복할 수 있다.《우아
하게 가난해지는 방법》의 주제는 그렇다. 이 책이 '내게' 영향력을
발휘하는 이유는 아무래도, 작가가 한때 호경기를 누리던 언론사 기
자였다가 불경기와 함께 해고된 인물이라는 데 있을까나. 나의 경
우, 아직 해고는 당하지 않았지만 말이다. 뭐, 아직은.

이 책은 유럽의 역사와 각국, 각 도시의 생활양식 변화와 행복의
조건들을 연계시켜 이야기한다. 한 번도 잘나간 적이 없는 동양의
작은 나라에 사는 사람으로서는 이 책이 하는 말에 크게 공감하고
자시고는 없었다. 나에게는 헝가리 귀족인 삼촌도 없고, 알리칸테

따위 가본 적도 없으며, 크루즈 여행을 가본 사람조차 주변에 없다. 하지만 가난은 익숙하다. 밥을 굶지는 않아도, 대학교 1학년이 된 이후로 한 번도 일을 하지 않고 살 수 있었던 적은 없다. 다행히도, 연애운은 없어도 일운은 많아, 취직도 어이없을 정도로 쉽게 했고, 그이후로 일이 없어 고민한 적은 없다. 단가가 싼 인간이라 그런가. 어쨌든 단 한 달이라도 월급이 나오지 않으면 생활이 불가능하니, 넉넉한 것과는 거리가 멀다. 책, 음악, 여행 같은, 없으면 안 되는 것들을 즐기기 위해 수시로 밤을 새워가며 일을 해야 한다. 취미활동이 직업과 관련 있다는 건 그나마 다행이다.

《우아하게 가난해지는 방법》은 평소 이래저래 잊고 살던 중요한 덕목들을 짚어내준다는 면에서 도움이 되었다. "분별 있는 사람들은 모두 일이 본연의 삶을 가로막는 것이라 여겼다. (중략) 이제 다시 일을 구원의 수단이 아니라 필요악으로 보아야 한다"라는 책 속 대목은 내가 직장생활을 시작하고 몇 년간 신조처럼 생각하던 것. 하지만 언젠가부터 나도 굼뜬 것은 못 참는 중견 회사원이 되어버렸다지.

이 책에는 이런 말이 있다. "불행이 때로는 행복의 가면을 쓰고서 유혹적으로 다가오듯이, 행복의 짓궂은 점은 이따금 감쪽같이 불행으로 변장하고 나타나는 것이다. (중략) 오스카 와일드는 이것을 아주 적절하게 아름다운 문장으로 표현했다. '신은 인간들을 벌하려는 경우에, 그들의 기도를 들어준다.'" 정말 그렇더라. 불가능해 보였던

간절한 소망이 이루어졌다가 결국은 파국으로 끝나는 일은 드물지 않다. 그 반대의 경우도 마찬가지. 계속 불행한 인생도, 계속 행복한 인생도 없다. 내가 이런 믿음을 갖고 있는 이유는 대체로 돈이 없이 살아서라는 점을 인정한다. 하하.

혼자 여행을 떠났을 때의 장점 중 하나. 자신의 돈 쓰는 습관을 점검할 기회가 된다. 여행지에서와 일상 중에 돈을 쓰는 습관이 일치한다고 볼 수 없지만 정해놓은 예산 안에서 잘 곳, 먹을 곳, 볼 것, 살 것을 따지다 보면 양보할 수 없는 가치와 양보해도 좋은 가치가 선명하게 보인다. 그리고 그것은 여행 때마다 조금씩 변화해가는데 그역시 선명하게 보인다.

3일 내내 바닥에 먹다 만 사과가 그대로 방치되는 유스호스텔의 8인 혼성 도미토리실에 나는 더 이상 묵지 않는다. 잠금장치도 없던 지하 샤워실이여, 안녕. 아침 바나나 하나, 저녁 기네스 한 잔으로 끼니를 때우는 여행도 더는 하지 않는다. 그랬다가는 앓아눕는 걸 이제 잘 알게 되었다. 경험으로.

여행이야말로 우아하게 가난할 수 있는 방법이다. 집에서 가난한 것보다는, 여행지에서 가난하면 인생의 깨달음을 얻고 있다는 자위라도 할 수 있으니까. 돈이 없어서 고생을 하고 나면 정말 뭔가 알게되었다는 생각을 하곤 했는데, 그게 뭔지는 결국 알 수 없었다. 정신 승리가 따로 없다.

그나마 여행지에서라면 가난해도 우아할 수는 있다. 하루종일 걸어 땀범벅이 된 옷차림으로도 무료 입장이 가능한 미술관에서 오후를 보낼 수 있고, 1달러짜리 관광엽서를 진심으로 행복한 마음으로 감상하며 30분간 고르는 일이 가능해지고, 날마다 같은 옷을 입고도 남의 눈치를 안 볼 수 있다(자기 자신이 땀 냄새를 견딜 수 있는 한은 그렇다는 뜻이다). 정말 돈이 없을 땐 강가나 바닷가에 앉아 있는 것도 정말 많이 했다. 뭘 했냐고? 그냥 물을 바라보며 앉아 있었다. 그게 여행이 아니라고 말한다면, 대체 뭐가 여행이란 말인가. 한 게 아무것도 없는 며칠이 어찌나 나를 싹싹 비워냈던지.

얼마 전 타이에 다녀온 지인이 좋았던 여행의 추억을 되새기며 이렇게 말한 적이 있다.

"내가 평소 돈에 얼마나 스트레스를 받고 사는지 그곳에 가서 깨달았어."

런던에 다녀올 때마다 나는 생각한다.

"집에서보다 돈 스트레스를 더 심하게 받아. 그래도 다시 가고 싶어."

지금 사는 곳보다 여행경비가 적게 드는 나라에 갈 수도 있다. 일상에서의 가난에서 벗어난다는 것은, 돈으로 모든 것을 결정할 수밖에 없는 현실에서 벗어난다는 의미이기도 하다. 물가가 싼 도시에서 실컷 걷고 저녁에 맥주 한 잔을 기울이는 일이 사치가 아니라

일상이 될 수 있다. 그마저도 얼마간의 돈이 있어야 할 수 있는 일이지만.

또 하나의 일상을 발명하는 일.

여행을 좋아하는 또 하나의 이유.

여행이라고 하는 것에 출장도 넣는 것은 반칙이다. 출장은 여행이 아니기 때문이다. 출장을 떠나면서는 가서 해야 할 일을 생각하고, 출장길에서는 내내 일을 해야 하고, 돌아올 때는 와서 해야 할 일을 생각한다. 그걸 여행이라고 부른다면 아마 여행의 신이 (어디 있는지는 모르겠지만) 한숨을 쉬며 돌아누울 것이다. 그런데 사실 나는 출장도 여행의 칠 할 정도의 강도로 좋아한다.

영화제 출장은 영화기자의 숙명이자 지방 출장의 백미다. 지방도시 모텔 순례라고 이름을 바꿔 불러도 된다. 유흥가 뒷골목에서 종업원들이 오빠와 누나를 배웅하는 사이를 뚫고, 회사 사람들과 떼를

지어 모텔로 귀가하는 나날이다. 심지어 그 숙소들은 낮 시간에 대실도 하는 것 같은데 심증은 있으나 물증을 잡지 못했다. 아니, 물증을 잡은 적도 있었다. 나와 선배 둘이 쓰는 방이었는데, 흡연자가 없었는데도 퇴근해서 방에 돌아오니 화장실에 담배꽁초가 있었다. 항의해도 소용없지 뭐. 체격 좋은 남자 사진기자 둘이 원형 돌침대에서 자게 되었다며 한탄하던 일도 생생하다. 침대에 누우면 천장의 보티첼리 모사화가 내려다보고 있다면서. 숙소 침구에서 냄새가 나서 술에 취해야만 잠들 수 있다고 울적해한 일도 있었다. 그리고 우리는 정말 매일 새벽 3시까지 마감을 하고 매일 해가 뜰 때까지 술을 마시고 들어갔다. 그 술은 내가 마신 게 아니고 나의 젊음이 마셨다고 굳게 믿고 있다.

남녀 기자들 넷이 방에 모여서 메이크업 대잔치를 한 적이 있다. 밖에 나가기 부담스러울 정도의 스모키 메이크업을 서로 해주며 놀았다. 2,000년대 초반만 해도 인터뷰를 앞두고 모텔방 비디오플레이어로 영화를 봐야 할 때도 있었다. 영화제에서 받아온 비디오테이프를 넣으려다가 내 방 비디오플레이어 안에 에로비디오가 '끼어' 있는 걸 발견한 적이 있다. 모텔 아저씨에게 말하기가 싫어서(내가 봤다고 오해받는 게 싫었다, 그땐 왜 그랬는지) 남자 기자들 방에 가서 보던 기억이 난다. 참고로 그 방에서는 며칠 전 남자 기자가 귀신을 봤다고 했다. 방은 보통 두 명씩 쓰는데, 같은 방을 쓰는 후배가 들어온 줄 알고 잠결에 인사도 하고 대화도 했는데 알고 보니 그 후배는 아침 해 뜰 때까지 술을 마시느라 귀가하지 않고 있었다나. 소오름.

제천과 부천, 부산, 전주의 모텔을 그렇게 누비다 보니, 한국 모텔에는 표준 같은 게 있나보다 생각하게 되기도 한다. 청소를 했다는데 바닥에 며칠 동안 그대로인 머리카락들(내가 오기 전부터 있었는데 내가 치우지 않았더니 주인도 열흘간 치우지 않았다. 더러움 대결의 승자는 누구인가), 거대한 욕실, 화장대 위의 초대형 도끼빗과 정체를 알 수 없는 녹색 젤, 수상해 보이는 정수통(절대 마시지 않는다) 같은 것들. 아, 구형 컴퓨터도 있지. 출장 왔다고 해도 여자 기자에게 열쇠를 줄 때마다 뭐하는 사람이냐고 일주일 내내 물어보는 카운터 서비스는 덤이다.

언젠가 LA에 출장을 간 적이 있다. 비행기를 타고 열네 시간을 날아가니 영등포였다. (《설국》 도입부 톤으로 읽어주시길.)

밤샘을 하고 비행기를 타고 갔다 와서 다시 밤샘을 해야 하는 일정이었기 때문에 비행기 왕복길은 내내 두통약 없으면 잠 한숨을 못 잘 정도의 고행이었다. 그때가 LA 초행은 아니었다. 그런데 문제의 출장 때는 LA라는 걸 실감할 수 없는 한인타운에서 오락가락하며 지냈다. 숙소는 이름만 호텔이었고 첫 식사는 설렁탕집에서 도가니탕을 먹었다. 주먹만 한 머리뼈 같은 게 통째로 나오는, 《쇼킹아시아》에 나올 법한 먹거리였다. 술은 한국 소주와 맥주만 마셨고, 일정까지 꼬여 감독 인터뷰도 배우 인터뷰도 다 불발되기 시작하더니, 한밤중에 총소리가 들렸다.

한국이 아니긴 했던 것이다.

구글

투어리즘

소설을 읽으면 많은 것들이 궁금해진다. 작가가 공들여 설명하는 것이 실제로 내 머릿속의 상상과 얼마나 유사할지. 책 속에 낯선 지명이 나올 때면 구글에 넣고 검색을 한다. 스트리트 뷰를 찾아보기도 한다. 어디서 어디까지 이동하는 이야기가 나올 때는 경로 검색을 돌린다. 실제 여행을 준비할 때 하는 모든 것들을, 어쩌면 평생 가지 않을 곳을 대상으로도 한다.

이탈리아 소설을 읽을 때, 인도 소설을 읽을 때처럼 구글이 유용했던 때는 없었다. 심지어 폴 피셔가 배우 최은희와 영화감독 신상옥 납북사건을 다룬 《김정일 프로덕션》을 보면 탈북자나 최은희 씨의 말을 크로스체크하는 용도로 구글맵을 사용했다고 한다.

다시 이탈리아 소설 이야기로 돌아가면,《핀치콘티니가의 정원》을 비롯한 조르조 바사니의 소설들을 읽을 때 페라라를 무수하게 찾아봤더랬다.《핀치콘티니가의 정원》은 비토리아 데시카가 영화로 만들기도 했는데, 1970년에 만들어진 영화라 지금 볼 수 없는 이탈리아 페라라의 모습을 볼 수 있다. 하지만 구글로 현재의 페라라를 찾아보면 '내가 지금 페라라를 가면 뭘 볼 수 있을까' 하는 막연한 낙관의 영역에서 상상하는 가상의 여행을 해볼 수 있다.

과거로 떠나는 여행에 관해서도 같은 말을 할 수 있다. 내가 구글로 자주 찾아보는 좋아하는 사진들은 첵랍콕 공항을 사용하기 이전, 카이탁 공항 시절의 홍콩이다. 중국 반환 이전의 홍콩 사진들. 구룡성채 사진을 찾아보는 것도 좋아한다. 구룡성채 사진을 엮은 책을, 중국어는 하나도 읽을 줄 모르면서 사와서 고이 보관 중일 정도다. 카이탁 공항은 구룡반도 쪽에 있었는데, 산을 등지고 바다를 앞에 두고 활주로가 있었다. 활주로 직전에 방향을 꺾어야 하는데, 홍콩의 날씨가 변덕이 심하고 태풍도 잦다 보니 꽤 난코스였다고 한다. 그래서 활주로를 지나쳐 바다에 빠진 비행기 사진들도 검색에 걸린다. 마치 주차에 실패하고 가로수를 들이받은 것처럼. 부디 부상자는 없었기를 바랄 뿐이다.

카이탁 공항에 비행기가 착륙할 때 지상에서 보면, 홍콩 특유의 다닥다닥 창문이 붙은 높고 낡은 건물 사이 좁은 하늘을 거의 덮다시피 하고 지나가는 비행기가 보인다. 중국 신화 속의 거대한 새처럼 날개를 뻗은 비행기가 건물 위로 맞닿을 듯 지나간다. 더 이상 볼 수 없지만, 사진으로는 남아 있으며, 구글 검색으로 영상도 찾아볼 수 있다. 그렇게 사진을 찾고 지도와 매치시키고 동영상을 찾는 것으로 몇 시간이 우습게 흐른다. 구글 투어리즘의 특징.

물론 처음 시작은 카이탁 공항 사진 찾기였다가 정신 차리고 보면 〈아비정전〉 클립을 찾아보며 장국영이 살아 있는 것 같은 느낌에 홀쩍이는 것이야말로 구글 투어리즘의 참재미일 테지만.

내가 경험한 가장 문제적인 터뷸런스는 태풍을 뚫고 홍콩에 들어가는 비행기에서였다. 기체가 크기로는 둘째가라면 서러울 A380을 타고 있었는데, '도착까지 남은 시간'이 10분인 채로 거의 한 시간을 터뷸런스 속에서 보냈다. 요 네스뵈의 소설 《레오파드》 도입부에는 홍콩으로 들어가는 비행기에서의 터뷸런스가 실감나게 그려져 있다. 겪어보지 않은 사람은 쓸 수 없는 고통이다. 터뷸런스로 비행기가 추락하는 일은 없다고 하는데, 그러면서 놀이기구 탔다고 생각하라는데, 나는 놀이기구도 타지 않는다. 그런 걸로는 안심이 되지 않아.

구글로 여행하기의 최고 장점은 이동에 시간을 쓰지 않아도 되고, 터뷸런스 같은 걱정 역시 할 필요가 없다는 것. (돈도 들지 않는다.)

몇 년 전, 휴가 기간 중에 거짓말로 여행을 간다고 하는 직장인들이 있다는 말을 들었다. 이유는—한국 직장인이라면 놀랄 일도 아닐—집에서 쉬는 걸 알면 회사에서 계속 연락이 온다는 것이다. 그 사이 기술발달이 놀라운 속도로 진행되어, 이제는 지구 반대쪽에 가 있는 걸 알아도 다들 거리낌 없이 카카오톡으로 이것저것 잔뜩 물어본 뒤 숫자 1이 없어지기를 당연하다는 듯 기대하게 되었지만.

군이 귀찮은 연락을 받기 싫어서 어디든 간 걸로 치는 일도 있기는 하지만, 여행을 가지 않는 이유 중에는 당연하게도 여행을 별로 좋아하지 않는다는 것이 있다. 왜 여행에 돈을 쓰는지 이해하지 못하거나, 전혀 즐겁지 않다는 사람도 많다.

가고 싶어도 못 가는 경우도 있다. 돈과 시간이 가장 큰 이유가 된다. 저가항공의 출현 덕에, 그리고 게스트하우스 문화가 자리를 잡은 덕에, 전보다 여행은 더 쉬워졌다. 파리와 더블린 왕복 비행기표는 내가 이용했던 저가항공 비행기표 기준으로 7만 원이었다. 일본 왕복 비행기표가 20만 원이 되지 않는 일도 드물지 않다. 그렇다 해도, 돈이 든다. 시간이 든다. 좋아한다고 해서 어디든 갈 수 있는 건 아니다. 갑갑할 때 숨통을 여는 기분으로 구글 지도를 하염없이 검색할 때가 있다. 인스타그램에서 궁금한 여행지 지명에 해시태그를 달아 검색할 때도 있다. 궁금함을 해소할 수 있어 기쁜 마음 반, 누군가는 그곳에 있고 나는 이곳에 있다는 한숨 반.

문제는
외로움이다

알랭 드 보통의 《여행의 기술》을 읽다가 또다시 깜짝 놀랐다. 그가 마드리드를 여행했을 때에 대해 쓴 글을 읽고서였다. 그러니까 숨기고 싶은 구질구질한 여행 이야기를 가진 건 나뿐만이 아니라는 것이다. 사실 여행은 그렇게 우아한 것은 아니거든. (우아해서 떠나는 것 역시 아님은 물론이다)

일단 다음의 구절을 보자.

"호텔로 걸어 돌아오는 길에 주변의 식당들이 있었지만, 소심한 나는 나무 널을 댄 어두컴컴한 식당에 혼자 들어갈 용기가 없었다. 식당에는 천장에 햄까지 대롱대롱 매달려 있었다. 그런 식당에 들어가려면 호기심과 연민의 대상이 될 위험을 각오해야 할 것 같았다. 그래서 호텔 방 냉장고에 들어 있는, 파프리카 맛이 나는 감자 칩 한 봉을 먹고 위성 방송의 뉴스를 본 뒤 잠자리에 들었다."

몇 년 전 뉴질랜드에 놀러 갔을 때 나에게 벌어졌던 것과 거의 똑같은 일이다. 아니, 사실은 런던이나 뉴욕, 더블린과 파리, 시드니 기타 등등 혼자 여행을 갈 때마다 겪었던 일이다. 그중 뉴질랜드 여행에서 가장 호되게 위의 상황을 경험했다. 나는 여행 기간 중에 책을 일곱 권(그중에 다섯 권이 영어로 된 책이었다)이나 읽었는데, 다 이유가 있었다. 물론 유식한 척하면서 우아한 여행자로서의 모습을 원했기 때문이기도 하지만,

무서웠다.

유스호스텔에 혼자 머물면서 매일 배낭 메고 이동하기가 만만치 않기도 했지만, 돈도 별로 없었다. 나는 매 순간 주판을 튕기며 지갑 속에 남은 돈을 계산하며 지내야 했다. 얼마 안 되는 돈은 또 현지에서 책을 사는 데 썼기 때문에 더더욱 빈곤했다. 하지만 사실 가장 큰 문제는 어디를 어떻게 들어가야 할지 모르겠더라는 사실이다.

맛있어 보이는 식당들은 차고 넘쳤지만, 그 앞을 서성일 때마다, 그 안에 앉은 사람들과 더럽고 꼬질꼬질한(하루종일 걸어서 지치고 땀에 절어 있는) 점퍼에 청바지, 운동화 차림인 나의 행색을 비교하게 되는 것이다. 선술집이라면 그와는 반대로 그 안에서 득시글대며 소

란스럽게 수다를 떠는 사람들 사이를 비집고 들어가 맥주를 시켜 마신다는 것이 공포를 불러일으켰다. 그래서 점심은 잘 먹었지만(점심때는 바쁜 사람들 틈에서 혼자라는 사실이 크게 눈에 띄지 않는 법이다) 저녁때만 되면 배는 고파 죽겠고 어디를 들어가자니 애매하고… 이런 이유로 계속 방황했다. 그래서 슈퍼에 간 나는 두 봉지에 2천 원 정도 하는, 세일한다는 문구 아래 수북히 쌓여 있는 감자 칩을 사서 숙소로 돌아갔다. 우유를 마시면서 감자 칩으로 배를 채우는데 어찌나 감자 칩이 짜던지.

다 먹기를 포기하고 방으로 돌아갔다. 그 뒤 네 명이 쓰는 우리 방의 룸메이트들이 들어왔다. 독일에서 온 일행 두 명이 있었고, 나머지 한 명도 알고 보니 독일에서 온 여자였다. 셋은 내가 알지 못하는 언어로 수다를 떨기 시작했다. 책은 한 줄도 머릿속에 들어오지 않았다. 나는 담배와 지갑을 챙겨들고 카페테리아로 내려갔다.

호스텔의 부엌에는 삼삼오오 일행들끼리 모여 밥을 짓고 있었다. 그때부터 머리가 어찔해졌다. 나도 뭘 먹고 싶었다. 우유에 감자 칩 말고, 싸늘한 오클랜드의 겨울 공기 속에 안식이 되어줄 수 있는 따뜻한 국물을 들이키고 싶었다. 책은 이제 아예 눈에 들어오지도 않았다. 나는 읽던 책의 같은 장을 계속 펴고 소파에 앉아 사람들이 부엌에서 깔깔거리고 웃으며 온갖 맛있는 냄새가 나는 음식들을 조리하는 동안 고독을 곱씹었다. 나는 반쯤 미쳐 있었다. 구걸이라도 하고 싶은 심정이었다. 물론 나는 구걸하는 대신, 프런트 데스크로 가서 콜라와 스니커즈를 사 먹는 것으로 대신했다. 왜 혼자 여행을 왔던가, 하는 부질없는 후회까지 나를 괴롭게 만들기 시작했다. 설상가상으로 커피 자판기가 돈을 먹어버렸는데, 너무 우울해져버린 나는, 항의나 환불을 하는 대신 다시 소파로 가 앉아 억지로 책을 노려보는 것을 선택했다. 아무하고도 말을 할 수 있을 것 같지 않았다.

이것이 워즈워드식으로 말해 '시간의 점'이 되어주었던 수많은 아름다운 여행의 순간들 사이사이 대부분을 차지하고 있었던 나의 뉴질랜드 여행의 진실이다. 나는 정말 배가 고팠고 외로웠다. 어쩌면 그런 이유로 자연의 아름다움에 더 요란하게 감동했는지도 모르겠다. 자연 속에서는 내가 혼자라거나 배고프다는 사실이 그렇게 비참하게 느껴지지 않았으니까.

뉴질랜드 북섬 로토루아에는 와이토모 동굴이라는 곳이 있다. 반딧불 동굴이라고도 불리는데, 동굴의 바닥까지 내려가, 마지막에는 캄캄한 가운데 밧줄을 붙잡고 동굴 바닥을 흐르는 물길 위에 뜬 쪽배에 올라탄다. 모두 안전하게 탄 게 확인되면 안전요원이 설명한다. 이제부터 불을 끌 것이다. 전혀 위험하지 않다. 당신들은 옆에 만져지는 밧줄을 당겨라, 그러면 배는 조금씩 앞으로 전진해 나가는 곳으로 갈 수 있게 될 것이다. 불을 끄면 위를 쳐다보아라. 그리고 정말 완전한 소등. 암흑. 암흑? 머리 위를 보는 순간 마치 가장 공기가 맑고 빛이 없는 지역 밤하늘처럼 반딧불 수천 마리가 빛나는 장관이 펼쳐진다. 하늘은 멀지만, 동굴 천장은 멀지 않다. 그래서 더 아름답다. 안전요원의 설명대로 보트를 맨 줄을 당겨가며 앞으로 이동하면서 아깝다고 생각했다. 그냥 여기에 더 머물고 싶다고. 밖으로 나와 숲을 산책하면서, 반딧불은 곤충 아닌가? 그 위에 수천 마리가 그러면 어쩌고 있는 거지? 하고 생각하게 되었다. 막 떨어지고 그런 것도 있을 텐데, 어두워서 못 본 건가? 으윽. 원효의 해골물 같은 경험이었다. 시간이 지나고 나니, 그렇게 관광객이 드나드는 일이 반딧불이에게는 괜찮은 것일까도 근심하게 된다. 그리고 이제 와 그 경험을 떠올려보면, 다시 한 번 가보고 싶다는 것, 그것뿐이다.

부모님과
함께하는
여행자를 위한
안내문

여행은 쉽지 않은 일이다. 그리고 부모님과 함께하는 여행은 훨씬
더 쉽지 않다. 부모님과의 여행을 계획 중인 이들에게 꼭 필요할 여
섯 가지 팁을 준비했다. 알고 가도 모든 게 순조롭게 풀릴 거라는 보
장은 없지만, 적어도 아무 준비 없이 가는 것보다는 낫지 않을…까.

"마음 같아서는 저희가 다 내고 싶지만…."
군 제대, 취직, 결혼, 긴 명절 등의 이유로 "우리도 가족여행 한번
가요"라고 호기롭게 말했다가 갑자기 진행되는 바람에 식은땀 흘려
보신 분들 꽤 있으리라 생각한다. 모처럼 부모님을 모시고 가는 여
행, 어쩌면 마지막일지도 모른다는 생각에 비장해지면, 이왕이면 멀

리, 좋은 곳으로 가고 싶은 게 인지상정. 하지만 지나친 비용 부담은 이후 밤잠 설치게 하는 억울함, 카드 요금이라는 상처를 남긴다는 점을 명심하라. 당신(혹은 당신과 배우자)이 쓸 수 있는 예산을 책정한 뒤, 부모님께서 무리하지 않고 내실 수 있는 액수를 묻는다. 여행을 떠나기 전이 돈에 대해 그나마 편하게 말할 수 있는 마지막 시기다. 먼저 여행 총 경비를 계산하고 그 액수에 20~50퍼센트를 추가하면 대체로 실제 쓰게 되는 돈 액수가 나온다. '가능한 한도'(카드 한도 말고!)가 얼마인지 따져본 뒤, 여행 시기까지 남은 시간을 셈하고, 예산에 맞춰 목적지를 정하면 된다. 여럿이 함께 움직이며 큰돈을 지출할 수밖에 없는 경우라면, 예산에 맞춰 여행지를 선택하는 방법을 권한다.

"도시가 좋을까요, 휴양지가 좋을까요?"

당신이 설령 (본가/친정/시댁) 부모님과 함께 살고 있다고 해도, 여행을 가는 것은 '바깥 생활'을 각자 하는 집에서와 달리 가족이 함께 '고립'되는 경험이다. 매일 아침 몇 시에 일어날지부터 맥주를 몇 잔 마실지까지, 아침부터 밤까지 함께 지내며 대화해야 한다. 당신은 어렴풋이 알고 있었던 것보다 부모님이 많은 약을 챙겨 드셔야 한다는 사실에 놀랄 수 있고, '젊은 애들이 알아서 해라, 우린 아무거나 좋다'는 말을 믿었다가 기껏 예약한 나이트 사파리(싱가폴 여행의 필수 코스로 꼽힌다)가 위험하다며 꼼짝도 안 하시려는 태도에 당황할 수도 있다. 부모님께서 여행을 자주 다니는 분들이 아니라면,

어딜 가고 싶으신지 묻지 말고 무엇을 하고 싶으신지 물어라. 만약 부모님이 쇼핑을 좋아하신다면 도시로, 야외활동을 즐기신다면 휴양지나 소도시로 가기를 권한다. 당신이나 당신 배우자가 좋아하는 스타일을 애매하게 섞었다가는(부모님을 위한 하루, 나/우리를 위한 하루), 매일 누군가는 시무룩한 상태가 될 수 있다. 그리고 인물사진을 많이 찍고 가능하면 인화도 꼭 해서 드릴 것. 부모님의 여행은 이후 지인들에게 하는 자랑으로 완성된다.

"패키지로 갈까요, 자유여행으로 갈까요?"
패키지와 자유여행의 장점과 단점은 명확하다. 패키지의 경우 부모님이 지인들에게 자랑할 사진을 찍을 확실한 관광 스폿까지 여행사의 차편으로 이동한다. 관광지 주차장에서 관광지까지 오래 걷게 하지도 않는다. 대신 (당신이 부모님보다 여행을 많이 다녔다면) 이미 다녀본 여행지를 가장 빠른 코스로 다시 봐야 할지도 모르며, 정체 모를 특산품 쇼핑에 동원되거나(라텍스라든가, 라텍스라든가…), 가이드의 썰렁한 농담을 듣고 있어야 한다. 반면 자유여행은 가족의 상황에 맞춰 코스를 짜는 일이 가능하다. 부모님의 취미활동을 위한 쇼핑을 돕는다든가, 호젓한 곳에서 경치를 즐기며 맛있는 음식을 먹을 수도 있다. 문제는 그 코스를 당신이 짜야 하며, 대중교통을 하루 여섯 번 이상 이용하면 부모님이 급격히 피로감을 느끼실 수도 있다는 점이다. 자유여행을 한다면 동선을 짧게 잡고, 렌터카 이용이나 택시 이용을 염두에 두라. 어르신께 관절염이 있다면 "조금만 더

걸으시면 돼요"라는 응원의 한마디로 큰 다툼이 생길 수 있다. 그분들은 하기 싫은 게 아니라 할 수 없는 것이다. 그리고 중요한 팁 하나. 화장실이 보이면 무조건 들르는 편이 좋다. 괜찮다고 하셔도 그냥 다 같이 다녀와 버려라. 나이가 들면서 소변보는 주기가 짧아지는데, 갑자기 화장실을 찾게 된 당신도 당혹스럽겠지만 부모님께는 괴롭고 수치스러운 경험일 수 있다.

"여행지에서 현지 음식이 입에 안 맞으시면 어쩌죠?"
아침 토스트, 점심 파스타, 저녁 주스 한 잔으로 평소에 생활하시는 분이 아니라면, 해외여행에서 현지 음식 적응을 예상보다 힘들어하실 수 있다. 처음에는 당신도 '김치 같은 매콤한 것'을 시켜드리기도 하고, 어르신들도 '안 먹어봐서 그렇지 맛은 괜찮은 것 같다' 같은 말을 하실 수도 있다. 하지만 그게 몇 끼 '계속되면' 문제가 된다. 국내에서는 초밥이나 우동도 맛있게 드시던 분이 일본 여행 사흘째 아무것도 못 먹겠다고 힘없는 목소리를 내시는 일이 적지 않다. 패키지여행이라면 대체로 한식당 식사가 코스에 있지만, 자유여행이라면 컵라면을 챙겨 가라. 컵라면에 고추참치 캔 정도면 숙소에 비치된 커피포트에 물 데우기 외에 특별한 조리과정이 필요 없고, 매운 라면을 국물까지 섭취하고 나면 이후 현지 음식을 먹기가 더 쉬워진다. 현지에도 한국 라면이 있다고 들어서 정 필요하면 가서 사겠다고? 라면은 현지 입맛에 맞춰 출시되기 때문에, 같은 라면처럼 보여도 맛이 다르다. 홍콩에서 음식을 못 먹어 신라면 컵라면을 사먹었다가 "왜! 여기에서도! 그 냄새가!"라고 울부짖는 여행기가 잊을 만하면 여행 카페에 올라온다. 그냥 한국에서 몇 개 사가자.

"싸웠습니다. 정말 미쳐버리겠네요."

이 원고를 쓰게 된 계기는 명절 연휴 동안 숱하게 본, 많은 싸우는 가족들 때문이다. 앞에서 설명한 바와 같이, 가족여행은 가족이 다 함께 고립되는 과정이다. 부모님은 '모처럼' 당신과 진지한 얘기를 하고 싶어 하신다. 당신이 만나는 사람을 헐뜯기 시작하고, 당신과 배우자의 미래 계획에 간섭하기 시작한다. 낮에는 뭐든 계속 하고 있으니 그럴 틈이 없는데, 밤에 기분 좋게 맥주 한 잔 하다가 당신은 수렁에 빠져버린다. 좋은 마음으로 가족여행을 왔지만 당신도 태어나서 지금까지 쌓인 것이 많을 것이다. 이틀째까지는 참았는데 사흘째가 되자 '내가 무슨 영광을 보겠다고' 모드에 빠져버린다. 위로가 될지는 모르겠지만, 안 싸우는 경우가 더 드물다. 하하 호호 웃던 다른 가족들도 옆방에서 싸우고 있다. 그나마 싸울 확률을 줄이려면 피곤해하는 사람이 생기면 얼른 커피숍이든 호텔이든 들어가서 쉬게 하자. 그리고 '관광'에 해당하는 일정을 마치면 각자의 방에서 쉬자. 여행 중 첫날이나 마지막 날, 술 한 잔 하는 일정을 미리 잡고 다른 날은 저녁의 자유를 누려라. 여기까지 온 김에, 하는 마음이 화를 부른다.

"부모님이 다음에 언제 또 갈까 물어보시는데요?"

다음 명절에 혼자, 혹은 당신과 배우자, 아이만 여행을 다녀오기 위해 일단 어르신들과 함께하는 여행을 기획한 당신. 돌아오는 날 '다음에는 어디 갈까' 하는 질문을 받으면 당황할 수 있다. 마음 같아서야 오래오래 자꾸자꾸 모시고 여행을 다니고 싶지만, 마음처럼 일이 풀렸다면 애초에 이런 고민을 왜 하겠는가. 여행에는 돈이 들고 마음이 들고 시간이 든다. 그리고 부모님은 당신보다 먼저 돌아가실 가능성이 높다. 이런 명제들 사이에서 죄책감에 빠지는 것은 자식으로 태어난 이상 피해 가기 어렵다. 만사에 서툴러 하나부터 열까지 알려드리지 않으면 아무것도 못 하고 쩔쩔매시는 모습, 그리고 자녀들이 앞으로도 같이 여행 다니고 싶은 기분이 들게끔 뭐든지 맞춰주고 힘들어도 참는 모습은 마음을 무겁게 한다. 여기에 대한 답은, 없다. "나중에 천천히 얘기해요"가 가장 무난한 미루기의 언어지만, 언젠가 그 말을 한 스스로를 자책할지도 모른다. 최소한 다음 연휴가 언제인지 당장 달력을 꺼내 살피지는 말아라.

어른의
여행

'공정무역'이라는 개념이 자리를 잡으면서, 여행에도 영향을 미쳤다. 여행지를 훼손하는 방식이 아니라 지키고 보존하는 방식으로 여행하자는 제안이다. 이런 말을 들을 때면 강원도 산자락의 계곡들이 가장 먼저 떠오른다. 초등학생 때 가족여행으로 갔던 강원도의 계곡들은 인적이 드물고 물 맑은 곳이었다. 지금은 좋다는 곳은 다 닭백숙이니 하는 요리를 내오는 식당들의 평상이 점령하고 있다. 그래서 그때 그 시절을 그리워하는가 하면 꼭 그런 것은 아니다. 지금 떠올려보면, 그때는 산속에서 밥을 지어먹은 뒤 쓰레기는 모아 비닐봉지에 넣어 가지고 내려와 버리긴 했으나, 설거지는 전부 계곡물에서 했다.

환경을 망치지 않는 여행이란, '업자'들이 망치지 않아야 한다는 뜻도 있으나 개인여행자들이 만들어내는 각종 오염 문제를 어떻게 해결할지를 고민해야 한다는 뜻을 포함한다. 가장 첫 번째로 실현 가능한 일이라면 최소한 쓰레기는 쓰레기통이 아닌 곳에 버리지 않겠다는 다짐일 것이다. 화장실이 아닌 곳에서 볼일을 보지 않을 것, 쓰레기는 쓰레기통에 버릴 것.

'다름'을 접하는 방식 역시 어른의 여행에서는 중요한 요소가 될 것이다. 여행이라는 것은, 처음에는 다른 것들을 구경하기에 머물다가 시간이 흐를수록 같음에 눈이 뜨이는 법이다.

한국에서 여행을 다닐 때 가장 '다름'을 느끼는 것은 사람들의 말이다. 친가와 외가가 모두 서울 출신이기 때문에 다른 지역 방언이라고는 들은 적이 없던 나는, 아주 오랫동안 방언을 구분하지 못했다. 경남과 경북, 전남과 전북 방언은 현지 사람들은 다 구분하는데, 나는 전라도와 경상도 사투리를 구분할 줄 알게 된 게 양 지역 출신의 동료들과 일을 하게 된 직장생활 이후부터였다. 억양이 다르고 쓰는 단어가 다르다. 언젠가 부산 여행에서 부산 출신인 친구들과 돼지국밥집에 간 일이 있었다. 부산 출신인 친구들은 서울에서 온 친구들을 위해 '표준어'를 구사하고 있었는데(표준어라기보다는 표준어 비슷한 것이라고 해야 할지도 모르겠다. 억양이 좀처럼 사라지지 않았으니까), 돼지국밥과 곁들여 먹는 부추가 부족해지자 식당 아주머님을 불렀다. "여기 정구지 좀 주세요." 나는 정구지라는 게 부추의 방언이라는 말도 이미 들은 터였다. 그런데 아주머니가 핏 웃더니 "뭐요, 부추요?"라고 하고는 부추를 턱 놓고 가시는 것이었다.

한국 여행에서 지방마다의 분위기를 느낄 수 있는 것이라고 하면, 역시 야구를 보러 다니는 것만 한 게 없을 것이다. 축구도 마찬가지일 듯한데, 나는 야구팬이기 때문에 야구 구장을 더 많이 다녀봤다. 부산이나 대구 야구장에서는 족발을 정말 많이 먹는다. 이기는 경기를 볼 때도 재미있지만, 지는 경기가 되고 났을 때 관중석의 한숨, 저주, 신세한탄과 욕설은 정말 여기가 서울이 아니구나를 뼈저리게 깨닫게 한다. 평소에 여행 중 마주치는 서비스업 종사자들이 쓰는 방언과 그들끼리 편하게 어울릴 때 쓰는 방언의 차이도 야구장에서만큼 극명하게 드러나는 때가 없다. 서울에서 야구를 볼 때는 늘 3루는 우리 게 아니라는 사실을 당연하게 받아들였는데(심지어 원정팀도 응원단장이 와서 응원을 주도한다), 서울이 아닌 곳에서는 원정팀을 위한 공간 같은 건 없다. 심지어는 2010년대에 들어선 뒤에도, 원정응원을 온 서울팀 팬들이 목청껏 소리치며 응원하거나 득점에 환호하면 "세상 많이 좋아졌다, 여기가 어디라고" 같은 말이 들려온다. 구장 전체가 환호하고 구장 전체가 탄식하는 순간들은, 겪을 때마다 재미있다. 요즘엔 전국 구장들이 시설 면에서 고루 좋아져서 이용하기도 편해졌고.

다름을 느끼는 만큼 중요한 것이라면 같음을 발견하는 일이다. 말이 다르네, 음식이 다르네 하다가도, 차 막히는 도심에서 클랙슨 소리가 신경질적으로 울리는 것을 들을 때라든가, 고속도로에서 보복운전하는 것을 보게 될 때, 선진국이고 뭐고 이렇게까지 고향의 느낌을 맛볼 수 있을까 한탄하는 일이 있다. 말이 통하지 않는 곳에서 손짓 발짓으로 원하는 것들을 충족시키는 일이 가능할 때는 마냥 신기하다. 어떤 곳에서는 신호등을 지키지 않는 게 마냥 신기하고, 어디에서는 절대로 어기지 않는 데 감탄하기도 한다. 베를린에서는 에코백을 든 사람이 유럽 다른 어떤 지역보다 많다는 데 시선이 가더라.

무엇보다도 세상을 움직이는 기본 원칙들은 지역경계선을 넘거나 국경을 넘는다고 달라지지 않는다. 물건을 사기 위해서는 돈을 내야 한다. 제복을 입은 사람 앞에서는 행동거지를 조심하는 게 좋다. 출입금지 표시가 된 곳은 들어가지 않는다.

한국에 가지고 돌아오고 싶은 문화들도 그렇게 같고 다름을 살피다 발견하게 된다. 눈이 마주치면 웃으며 인사하는 일, 사람이 많은 장소에서 부딪히면 '죄송합니다'라고 말하는 일 같은 것들. 한국에 왔구나를 처음 실감하는 때는 출국장을 나서면서 몸이 부딪힌 사람에게 '죄송합니다'라고 한 뒤 눈 째려봄을 당할 때 아니겠는가.

다름을 경험한 뒤 좋고 나쁨을 선별해 가능한 좋은 것을 좋은 대로 두고 나쁜 것을 개선하기 위해 노력하는 것. 경험치를 높인 사람들이 멋지게 보인다면 그런 이유가 아니겠는가.

여행지에서 한국인을 만나면 "한국인이세요?" 하고 묻던 시절은 (거의) 지난 것 같다. 1994년에 처음 호주에 갔을 때만 해도, 한국인인 것 같다 싶으면 와서 말을 거는 일이 드물지 않았다. 유학생이건 교포건, 같은 나라 사람을 만난다는 게 반가웠다.

90년대 중반에 대학생들의 유럽여행이 붐처럼 일어나던 시절에는 여행지에서 작업하는 이들도 드물지 않았다. 수법은 간단해서 한국인인 것 같아 보이는 사람이 있으면 가까이 가서 큰 소리로 혼잣말을 한다.

"지금 몇 시지?"

그러면 말을 알아들은 쪽에서 "한국분이세요?"라며 화답하는 식이었다.

한국 여행을 할 때라면 한국 사람과 마주치는 게 당연하겠지만, 외국에서라면 얘기가 다르다. 타인의 눈이라는 검열 없이, 자기 검열 없이 보고 느끼고 생각하고 말할 자유를 누릴 수 있으며, 많은 경우는 현지 사람들이 무슨 말을 하는지 모르는 자유를 만끽할 수 있기 때문이다. 들리는 말을 의식하지 않는 것만으로 자유로울 수 있다. 그만큼, 들리는 말이 많을수록 피곤해지기도 한다.

한참 경치에 감탄하고 있는데 옆에서 "아유, 여기는 볼 거 없네. 설악산이 더 좋은데"라든가, 군이 분위기 좋은 골목을 빗대 "여기가 뉴욕/파리/베를린/도쿄의 홍대 같은 곳이지"라는 식의 젠체하는 말을 듣는 일은 머릿속을 어지르곤 한다. 게다가 나와 같은 모국어를 쓰는 사람들이 단체로 새치기를 하거나(홍콩에서 겪은 일이다, 피크트램을 타는 줄을 길게 서 있는데 미리 줄을 서 있던 단체관광객과 가이드가 나중에 온 사람들을 앞으로 끼워 넣고 있었다) 지나치게 시끄럽게 군다면 피로도는 기하급수적으로 높아진다.

처음에는 정보 얻기가 수월해서 한국인이 가는 숙소, 한국인이 가는 코스를 답습하다가 그 코스로부터 멀어지는 것은 그런 이유에서다. 그리고 한국인이라는 트랙을 벗어나 오프로드에 들어서는 순간부터 나만의 여행이 완전한 사이클을 갖게 된다.

물론…, 아무리 노력해도 아무도 모르는 여행지라는 것은 세상에 없다. 일단 그곳의 나 자신이 여행자 아니냐 말이다.

어떤 남자가 한국인이 전혀 없는 곳을 장기간 여행했다. 한국어를 알아듣는 이가 없으니, 생각하는 대로 큰 소리로 말하는 버릇이 생겼다. 한국어를 너무 말하고 듣고 싶어서 시작한 일이었다는데, 어쨌든 그게 그만 습관이 되어버렸다. 그가 택시를 탔는데, 택시 운전기사 뒤통수를 보고 또 큰 소리로 말했다. "머리 존나 크네." 그러자 택시 운전기사가 차를 세우고 뒤를 돌아보았다. 인천공항에서 택시를 탔다는 사실을 잊고 그간 해온 대로 해버렸기 때문이다.

이것은 내가 아는 도시전설 중 하나다. 처음 해준 사람이 웃긴 이야기라고 해주었다. 나도 처음에 듣고는 웃었다. 하지만 이제 이 이야기를 쓰면서는 하나도 웃기지 않다. 언어가 통하지 않는 나라에서 우리는, 현지 사람들이 나에게 하는 이해 못할 현지어가 내 외모에 대한 품평이나 인종차별적인 욕이기를 기대하지 않는다. 설령 내가 사용하는 언어를 알아듣지 못하는 사람들 앞에서라고 해도, 굳이 나쁜 말을 할 이유는 없다. 상대는 알아듣지 못해도 그 말을 하는 나는 내가 한 말을 듣는다. 대체 누구한테 하는 막말이냐고 한탄하게 되는 까닭이다. 한국어를 가르쳐준다면서 욕이나 비속어를 가르쳐주는 일 역시 삼가야 한다. 이런 일은 정말이지 하나도 재미있지 않다.

요즘은 여행지에서 밤에 같이 놀 한국인을 구하기가 쉬워졌다. 여행카페나 카카오톡 같은 어플의 채팅 창을 통해 바로 같은 장소에 있는 한국인들을 찾을 수 있다. 타이에 가서 그렇게 놀고 온 동료가 말해주었다. "요즘은 쿨하던데요. 나이 같은 거 묻지도 않아요. 무슨 일 하세요? 이런 거 궁금해하지도 않고, 그냥 같이 잘 놀았다니까요." 그렇다고 한다.

물론 걱정 근심이 많은 나는 그 말을 들으며, 원래 산길에서 짐승이나 귀신보다 무서운 게 사람인 법이고, 해외에서 현지인보다 리스크가 큰 인간들이 한국인인 법 아니겠는가 하는 생각을 한다. 이런 걸 경험으로 알고 있다는 게 나이 든 자들의 가장 큰 슬픔일 것이다.

얹혀 있기의

기술

친척이나 친구가 다른 도시, 다른 나라에 살고 있을 때, 우리는 유혹을 느낀다. 얹혀 있고 싶다는. 그 사람과 친해서일 때도 있고, 돈이 없어서일 때도 있고, 그곳이 낯설어서일 때도 있고, 정말 대부분의 경우처럼 '아무 생각이 없어서'일 수도 있다.

그동안 정말 죄송했습니다. 사실 나 역시 얹혀 있어본 일이 한두 번이 아니다. 그렇지 않았다면 뉴욕, 런던, 피렌체, 파리에 가지 못했을 것이다. 큰 은혜를 입었습니다. 감사합니다. 나의 경우는 전적으로 경제적인 이유였다. 대도시에서도 유스호스텔 침대 하나라도 얻을 수 있게 여행이 가능해진 뒤로는 누구의 집에서도 신세를 진 적은 없다. 하지만 그때까지 저를 재워주시고 말 상대도 해주신 분들 정말 감사합니다.

얹혀 있는 데는 사실 기술이라고 부를 만한 게 없다. 가능한 하지 않는 게 좋다. 친한 친구가 온다고 하면 반겨 맞겠지만, 그게 아닌 대부분의 경우는 오겠다고 하니 그냥 두는 것뿐이다. 뉴욕에 살던 친구의 말에 따르면 어쩌면 그렇게 뉴욕에 오는 사람이 많은지 놀랄 정도라고 했다. 내가 안 가면 안 갔지 얹혀 있으면 안 되겠다는 생각을 하게 된 것도 그 친구의 말 덕분이었다.

당신을 반겨 맞아주는 사람이 있어서 얹혀 있게 된다면 몇 가지는 당부하고 싶다. 아래 사항에서 한 가지를 택해서 하는 것이 아니라 세 가지 전부 할 생각을 해야 한다.

1. 필요한 것이 있는지 물어보고 가능한 가져다준다. (외국에 사는 사람이라면 소주나 담배, 식재료가 특히 유용할 수 있으며, 공부하는 사람이라면 한국어로 된 책이 필요한지 묻고 사다 주면 좋다.)
2. 제대로 된 식사를 현지의 친구나 친구 가족에게 최소한 한 번 이상 외식으로 대접한다.
3. 청소에 신경 쓴다. 매일 침구 정리, 욕실 정리, 집에서 식사를 하는 경우 설거지를 해야 한다. 혹시 그곳의 친구도 어려운 생활을 하고 있다면 아예 현금을 주고 숙박하는 것도 나쁘지 않다.

내가 얹혀 있기를 그만두게 된 이유는 신세지는 일은 성인이 해도 좋은 일이 전혀 아니구나 싶어져서였다. 돈이 없어서 숙소를 얻을 여력이 없다면, 차라리 여행을 가지 않는 쪽이 낫다고 마음먹기도 했고.

몇 년 전 장기출장을 간 일행이 머무는 숙소에 손님이 꽤 길게 얹혀 있었을 때의 일을 들은 적이 있다. '얹혀 있는 자'는 뜻밖에도, 냉장고를 열고 "우유는?" 하고 묻는가 하면, 단 한 번도 밥을 사지 않았단다. '밥 한 끼'라는 것은 돈 이야기지만, 그것만이 다는 아니다. 타인에 대한 예의의 문제다.

혼자
여행하는
독신녀의
건강염려증

아픈 것은 좋지 않다. 혼자, 타지를, 얼마 안 되는 돈으로, 여행하고 있다면 더더욱 그렇다. 담배를 피우면서부터 약간의 건조함에도 자고 일어나면 목이 찢어지는 고통을 겪고 있는지라 여행할 때마다 걱정걱정. 게다가 돌아와서 감기몸살로 앓은 적도 있고, 근육통 때문에 잠을 못 잔 적도 여러 번이었다. 일행이라도 있으면 같이 늦잠을 자든가 엄살이라도 부릴 텐데, 혼자 비즈니스호텔에서 콜록거리며 일어났을 때 온몸이 쑤시는 고통이란 말로 더할 나위 없이 고독한 색깔이다.

게다가 그 여행에는 목적이 있었다. 정확히 말해 일본인들이 찾아가는 단풍 명소 순례였다. 교토를 세 번째인지 네 번째 갔던 때니까, 일본어 구사도 자신이 붙어가니까, 일본의 정보에 묻어서 어떻게 해보자고 생각했다. 그렇기 때문에 건강이 특히 염려스러웠다. 모든 절과 성은 8시 30분~9시에 문을 열어 4시~4시 10분에 마지막 입장객을 받는다. 그러니 내가 가고자 하는 단풍이 좋은 절(대부분 교토 외곽에 있는)들을 하루에 두세 군데 보려면 아침부터 서둘러야 했다.

물론, 어정쩡하지만 그래도 만족스럽기 그지없는 평범한 교토 순례를 할 수도 있었다. 하지만 서울에서의 나는 너무 스트레스가 심했고, 교토까지 간 이상 정말 멋진 무언가를 보고 싶었다.

일정은 4박 5일. 첫날은 오후에 오사카에 도착해서 내리 쇼핑만 했다. 부탁받은 물건도 있었고, 날도 흐렸고, 교토에 가봐야 해가 진 뒤일 테니까. 물론, 야간개장(무려 라이트업)도 있었지만, 나도 그건 알고 있었지만 지친 몸을 이끌고 라이트업이라는 무리수를 두는 것보다는 아침에 일어나 서두르는 게 나을 게 뻔했다. 둘째 날 8시에 일어났는데 잠 깨고 준비하는 데 시간도 걸리고, 결국 교토에 도착하니 오전 11시. 약간 화가 나서 셋째 날은 아침 7시 30분에 일어났는데 그래도 늦더라. 넷째 날은 아침 6시 반에 일어났고, 마지막 날, 그러니까 오늘은 일본 전역에 비가 내리고 추워진다는 일기예보를 봤으므로 9시까지 자다가 그냥 공항으로 향했다.

서울에서 매일 회사에 지각하는 내가 (그때 한정이지만) 어떻게 그렇게 살았냐면, 단순한 얘기다. 일찍 자고, 잠이 안 와도 잤다. 매일

여덟 시간은 자야 하므로 늦어도 10시에는 잤다. 그리고 운동부족이었다가 과도한 운동을 하게 되었으므로 온몸이 심각하게 아팠다. (아프기 때문에 살아있다는 실감이 날 정도였다) 이때부터 건강염려증이 발동하였으니.

일단, 서울에서 가져간 약은 타이레놀(진통제, 게다가 생리를 시작하고도 남는 기간이었으므로 생리통에도 쓸 수 있는 약이다)과 종합감기약(뜨거운 걸 먹지도 않았는데 콧물이 계속 나면 무조건 먹는다), 그리고 공항에서 산 (약사 말에 따르면) "아주 좋은" 피로회복제 5일치. 그리고 일본어 실력을 총동원해 드럭스토어에서 약을 사재기하기 시작했다. 그리하여.

숙소로 돌아오면 다음과 같은 루틴을 시작한다.

얼굴 클렌징─욕조에 입욕제 풀어 맥주 마시며 목욕─씻고 나서 얼굴 화장품 바르기─발바닥에 마사지용 파스 붙임─종아리와 아킬레스건 부위에 다른 파스 붙임─어깨에 근육통용 파스 붙임─팔뚝과 팔목에 크림처럼 바르는 파스 바르기─맥주 마시기─자기 전에 피로회복제 마시기─타이레놀 먹기(정말 너무너무 아파서 이때 약을 먹어도 새벽 2시에는 온몸이 아파서 깼다)─자기 전에 눈 피로 푸는 안약 넣기.

서울에서도 이렇게 몸 관리를 했다면 만성적인 허리 통증이니 두

통이니 하는 것들에서 진즉에 자유로웠을 것이다. 매일 밤마다 조바심 내며 종교의식을 치르듯 약을 챙기고 목욕을 챙기면서 역시 무언가를 열심히 하게 만드는 가장 큰 동력은 재미있게 놀겠다는 일념뿐인가 하고 자조했다.

저 때 이후로 다시는 저렇게 부지런하게 여행을 하지 않는다. 나는 여전히 독신이고 건강염려증을 갖고 있으며 1년에 다니는 여행의 절반 이상을 혼자 다닌다. 그리고 이제는 그냥 대체로 피곤하면 다 포기한다. 건강이 망가지면 아무것도 소용없다.

나는 실제로 여행지에서 죽도록 아픈 적이 있었다. 휴가를 가기 위해서는 늘 휴가 주에 해야 할 일을 미리 하고 떠나야 하는데, 그렇게 일을 몰아서 하고 나면 휴가를 가서 앓아눕는다는 사실을 그 때 처음 알았다. 3박 4일 내내 약 먹고 밥 먹고 누워서 잠만 잤고(몸살이 너무 심해서 도저히 걸을 수가 없었다) 열이 내리지 않더니 돌아오는 비행기가 이륙하자마자 양쪽 귀가 먹먹해졌다. 비행기가 착륙하고도 한쪽 귀가 들리지 않았다. 이튿날 병원에 갔더니 항공성 중이염이라고. 그 이후로 피곤이 심해지면 귀에서 종이 펄럭이는 소리가 들린다. 그걸 한 번 겪어서 이제는 무리를 하지 않는다. 왜 이렇게까지 경험하지 않으면 조심하지 않는 인간인 거지, 나는.

여 행 도
나 이 를
먹 는 다

여러분 미안, 나도 이런 얘기는 하고 싶지 않았다. 자꾸 나이 타령, 하고 싶지 않았다. 하지만 어떡하란 말인가. 머릿속에 남은 게 나이 한탄뿐이다. 여행에 국한한 이야기는 아니다. 나는 더 이상 절대, 절대, 절대 밤을 새지 않는다. 여행지에서 기분이 흥해서 술이라도 진탕 마셔버리는 일도 안 된다. 무조건 잔다. 기분에 취해서는 망한다는 생각을 하게 된 이유는 언젠가의 홍콩 여행 때문이었다.

내가 일하는 주간지의 마감은 대체로 새벽 2시쯤 끝난다. 처음 입사했던 때는 출근하고 30시간 정도가 지난 토요일 오후에 퇴근했고, 그 시간은 점점 빨라졌는데, 현재 편집장인 J선배가 메가폰(영화잡지니까 메가폰인 걸로 하자)을 잡은 이후론 역대급으로 퇴근 시간이 빨라지고 있다. 그래도 마감 날이면 엉덩이에 욕창이 생기도록 하루종일 앉아 있어야 하는 건 매한가지다.

　나의 주말여행 패턴은 저런 식으로 마감을 마치고 금요일 월차를 써서 떠나는 것이다. 그렇게 아주 여러 번, 오랫동안 놀러 다녔다. 그러던 어느 날, 나는 유난히 컨디션이 좋지 않았고, 꾸역꾸역 공항으로 가 홍콩행 비행기를 탔다. 지금 생각하면 좀 미쳤던 것 같은데, 어머니 돌아가시고 난 이듬해의 여행은 다 그렇게 조금씩 미쳐 있었긴 했다. 숙소가 있는 홍콩 센트럴 지역에 도착하자 햇빛에 눈을 뜰 수 없을 지경이었고, 숙소에 들어가서는 씻지도 않고 바로 침대에 누워서 내리 잠만 잤다. 허기를 못 이겨 눈을 뜬 게 저녁 8시였다. 뭐든 먹어야겠다는 일념에 침대에서 일어났는데 똑바로 설 수 없을 정도의 현기증이 일어나 벽을 잡고 걸어야 하더니, 거울 속 내 얼굴이… 짝꿍과 싸운 초등학교 1학년생이 찰흙을 잔뜩 짓이겨 벽에 던진 것 같은 형상이 되어 있었다. 이목구비 위치도 이상하고(아니다, 현기증으로 인한 착시는 아니었다), 어쩐지 턱 위치도 이상해 보이고 여튼 내가 알던 내 얼굴은 거울 안에 없었다. 내 못생김을 그렇게까지 실감한 것은 그날이 최고였던 것 같다. 다시 벽을 잡고 침대로 가 누워서 신세한탄을 하다가 또 잠이 들었다. 그 이후로는, 컨디션이 일정 수준 이하라는 생각이 들면 절대로 여행을 가지 않는다. 여행이 다 뭔가. 이제는 무조건 잠부터 잔다. 우선순위는 첫째, 잠, 둘째, 일.

　쓰다 보니 내게 점점 친구가 줄고 있는 기분인데 그건 그냥 기분

탓이겠지?

　가지고 있는지도 잘 몰랐는데 나중에 다 없어지고 나서야 깨닫는 자산이 있다. 육체적 젊음이나 시간 같은 게 그렇다. 여행만 해도 그래. 저금을 싹싹 긁어 떠나는 건 물론이고 마이너스까지 감수하고 짐을 싸면서 단 한 번도 죄책감을 느끼거나 불안해본 적은 없었다. 그저 떠나는 게 굉장히 즐거웠다. 남의 나라 공항에 내리는 순간부터 모든 게 좋았다. 쇼핑은 옷 몇 벌과 책, CD가 전부였고, 날마다 맥도날드에서 두 끼씩 먹는 게 아무렇지도 않았다. 몇 년 전부터 동생하고 같이 놀러 다니면서도 비슷했다. 하루 한 끼는 호텔에서 먹고 나갔고 한 끼는 편의점에서 사 와서 숙소에서 먹었다. 한 번 여유 있게 가기보다는 한 번 더 가는 게 좋았다. 투덜거리기도 많이 했지만 그래도 좋았다. 즐거웠고. 그게 영원할 줄 알았던 게 문제였는지도 모르겠다.

　하지만 그때 그렇게 놀지 않았다고 해서 나의 서른 초반의 삶이 딱히 윤택해졌으리라고는 생각하지 않는다. 그저 지금 이런 철없음이 더 지속되기를 바랄 뿐이다. 많이 누리는 게 아니라 가진 걸 최선을 다해 누릴 기운이 남아 있으면 좋겠다. 남들 보라고 사는 게 아니라 내가 살고 싶은 대로. 이렇게 나이를 먹는다.

　나이 먹어서 여행 다니는 게 어떤 건지 알고 싶다면 부모님이나 그 또래의 어르신과 여행을 가 같은 방을 써보면 된다. 하지만 나이

먹는 건 내가 나이 먹으면 자연스럽게 알게 될 일인데 뭘 일찍부터 알고 조심할 일인가 싶기도 하다. 어차피 나이들 거라면, 젊을 때는 젊음을 탕진하는 것도 나쁘지 않다.

여행은 뭐든 탕진하려는 자에게는 최적의 기회를 제공해주기도 하고.

**싫은
것은
싫다**

11월의

여행자

이부자리에서 몸을 빼기 전에 천장은 얼마나 아름다워 보이는지. 가을은 온데간데없이 다짜고짜 겨울이니, 출근 준비를 하기 위해 이불을 들추는 일이 이렇게 고될 수가 없다. 목도리와 아주 얇지 않은 점퍼를 걸치고 집을 나서면 코가 싸하게 식는 느낌이 든다. 옷깃을 여미고, 필요 이상으로 어깨를 웅크리면, 지나친 컴퓨터 사용으로 인한 통증이 목 뒤부터 시작해 척추를 압박한다. 차가운 바람을 타고 낙엽이 얼굴을 몇 대 친다. 정신이 들기는커녕 더욱 몽롱해진다. 여기는 어디더라, 갑자기 눈앞의 장소가 낯설게 느껴진다. 이곳이 아닌 곳에 있는 것 같다. 그러고 보니, 몇 년째다. 날이 싸해지는 11월이면 언제나 집을 나서면서 외국의 어느 낯선 도시를 걷고 있는 듯한 기분이 들곤 했다. 왜일까 생각해보니 외국에 나가는 일이 주로 이 계절의 행사였기 때문이다. 성수기인 여름이 지나고 부산영화제도 끝나고 나서야 여름휴가를 쓰곤 했기 때문에 늘 휴가는 가을에 갔었고, 어쩐 일인지 해외 출장도 봄이나 가을에 주로 갔다. 집이 아닌 타지에서, 싸늘한 공기를 더 많이 맞았던 거다. 싸늘한 공기와 이국의 느낌은, 결국 몸의 기억이었던 셈이다.

7말 8초(7월 말 8월 초)에 여름휴가를 다니는 직장인으로 오래 살았다면, 아이들을 데리고 함께 떠나는 휴가가 가장 익숙한 여행의 형태라면, 여행이라는 말은 왁자지껄한 분위기, 여럿이 한 방에 머무는 일, 아침마다의 화장실 쓰는 순서 같은 것으로 기억될지도 모르겠다. 한여름의 태양과 바가지, 바다에서의 물놀이 같은 것을 떼어놓고는 여행을 생각할 수 없을지도 모르겠다. 그런 반복되는 경험이 말하는, 이 시기면 여행가야지, 하는 부름을 누구나 가지고 있을 거라고 생각한다. 날이 후끈 더워지기 시작할 때, 첫 꽃이 피기 시작할 때, 눈이 펑펑 내릴 때.

집이 아닌 곳에서 보내는 며칠을 간절히 원하게 되는 몸의 부름.

비여자,
비남자

전주국제영화제 출장을 가면서 회사 사람 몇이 승용차로 서울에서 전주까지 이동한 적이 있다. 그때 내가 가져간 수트케이스에 붙은 항공수화물 스티커를 본 선배가 "나는 짐 웬만하면 안 부치는데"라는 말을 했다. 아니 비행기를 타는데 짐을 안 부친다니? 이야기인즉슨, 수화물로 보낸 짐이 분실되는 일을 몇 번 겪었다는 것이었다. 그 스트레스가 심해서 가능한 들고 탄다고.

여행 징크스 하나둘쯤 없는 상습여행자는 없을 것이다. 가장 흔한 징크스라면 역시 날씨와 관련된 것이 아닐까. 꼭 몇십 년만의 한파(그것도 대만에서)라든가, 폭우, 폭설로 인한 어려움을 반복해 겪는 사람들이 있다. 여행이 문제가 아니게 되는 것이다. 그 정도는 아니라도 경미한(남들 눈엔 별거 아닌지 몰라도 자신에게는 심각한) 불운의 반복은 있기 마련이다. 그렇다. 머피의 법칙.

아메온나雨女, 아메오토코雨男라는 일본어 표현이 있다. 비여자, 비남자, 정도로 해석할 수 있는데 그 뜻은, 뭐만 하려고 하면 비가 오는 통에 어려움을 겪는 사람을 말한다. 어렸을 때부터 운동회, 소풍, 생일날이면 늘 비가 왔다는 징크스의 주인공들이다. 원래는 기도로 비를 부르는 중국의 기도사를 부르는 말이 일본에 전해져 생긴 표현이라는데, 기도로 비를 부르는 신통력은 반갑고 뛰어난 인상이지만, 아메온나, 아메오토코는 비를 몰고 다닌다는 쪽에 가까운 모양이다. 좋을 수도, 나쁠 수도 있는. 하지만 일상적으로 후자에 가까운 뉘앙스로 쓰인다. 일본 만화나 드라마에서 자주 등장하는 표현이기도 한데, 첫 데이트 때 비가 내리면 "앗, 사실 나는 아메오토코야" 하고 쑥스러운 고백을 한다거나, 회사 야유회에 갑자기 비가 내려 사람들이 당황하자 속으로 "사실 내가 아메온나야"라고 독백을 하는 식의 연출을 심심찮게 볼 수 있다. 이 표현과 붙어다니는 것으로는 하레온나晴れ女, 하레오토코晴れ男가 있다. 이쪽은 날씨가 맑다는 '하레'가 붙었으니, 정 반대의 뜻이 된다. 행운을 몰고 다니는 사람.

나는 어느 쪽인가 하면, 날씨 운이 좋은 편이라고 생각해왔다. 날씨 문제로 고생한 기억이 없다, 라고. 역시 운이 좋은 사람이로다 자축하다가 그렇지만은 않다는 사실을 알게 되었다. 동생과 도쿄에 두 번째 갔던 때, 비가 억수로 내리는데 우산이 하나뿐이고 하나뿐인 신발도 홀딱 젖었던 기억이 난다. 낡은 건물이었던 숙소에서 추위로 덜덜 떨며 드라이기로 신발을 말리던 기억이. 이런 기억은 꽤 많다. 갑자기 비가 내려 우산을 사는 일은 서울에서도 수두룩하다. 그런데 나는 그걸 운이 나쁘다고 생각한 적이 없다. 여행지에서 비가 내리면 대체로 사람이 적어지는 긍정적인 효과가 생긴다. 날씨가 궂을수록 호젓함을 만끽. (꺅)

요즘에는 일 년 내내 사람이 북적거리는 일본 교토라지만, 십 년 전만 해도 한겨울에는 시내가 아니고서야 사람이 많지 않았다. 언젠가의 설 연휴, 나는 진눈깨비가 내리는 교토의 산길을 걷고 있었다. 목적지는 따로 없었다. 은각사에서 난젠지로 이어지는 수로길을 따라 걷다 나오는 절을 하나씩 다 들어갔다. 입장료가 비싸면 패스, 공짜면 입장. 우산을 썼는데도 운동화를 신은 발부터 젖는 기분이 아주 오싹하니 그만이었다. 오후 3시밖에 안 됐는데도 어둑어둑했다. 지금은 이름도 기억나지 않는 절은 호젓하다 못해 요괴가 나온대도 이상하지 않을 것 같았다. 뭘 보러 왔는지도 모르겠는 기분으로, 그냥 한바퀴 돌고 나가야지 생각했던 것 같다. 그때까지만 해도 겨울의 교토에 대해 꽤 비관적이었다. 하얀 눈이 소복이 내렸다면 그것은 그것대로 멋졌을 텐데, 진눈깨비라니. 여튼 구석구석 구경을 했다. 고작 20여 분쯤 되었을까. 사람은 나뿐이었다. 그러다 끼고 있던

이어폰이 빠졌다. 와아. 적요함, 물, 바람. 그 세 가지의 소리가 숲 속에 안긴 절 안을 가득 채우고 있었다. 그제야 이어폰을 꽂고 있었던 게 실수임을 깨닫고 이어폰 없이 다시 한 바퀴를 돌았다. 발은 여전히 시렸다. 그리고 그곳은 완전히 다르게 보였다. 진눈깨비가 우산 위에 떨어지는 소리, 흙바닥에 닿는 소리, 나뭇가지를 타고 흐르는 소리, 지붕을 두들기는 소리 한가운데 나 혼자 서 있었다. 결국 너무 추워서 오래 버티지 못하고 돌아왔지만.

그날의 나는 날씨운이 좋았을까, 나빴을까. 나는 운이 좋았던 날로 셈한다. 내가 여행지에서 경험한 비오는 날은 대체로 그랬다. 사위가 어둡고, 사람이 적고, 몸은 고되고, 아무것도 잊을 수 없는 식으로 각인되는 경험. 날이 맑으면 맑은 대로 좋은 일이 생기고 궂으면 궂은 대로 좋은 일이 생긴다. 극한의 공포를 불러일으키는 재난이 아닌 다음에야, 맑음과 흐림 정도는 별 문제가 되지 않는다. 나는 마침내 모든 날씨를 좋아하는 법을 배웠다. 그런데 어디까지나, 한 달간의 사막 여행이나 밀림 투어 같은 것은 해본 적이 없어서 하는 말이다. 나는 도마뱀이 정말 싫다.

내가 가장 사랑하는 날씨의 주인공은 11월의 영국 에든버러다. 한 낮에도 춥고, 비가 하루에 몇 번이나 내린다. 한 시간쯤 밖에 있으면 손이 얼어붙는다. 너무 추워서 늘 설사할 것 같은 기분이 된다. 신발을 더 잘 신고 왔어야 했다는 생각을 매번 한다. 그 싸늘한 공기가 나를 언제나 행복하게 했다. 지금도 떠올리면 눈물이 날 지경이다.

대단한 철학이 있는 것처럼 한참을 늘어놓았지만 결국 비오는 날씨'도' 좋아한다는 말이 되고 말았네.

여자에게
여행이란

내가 대학생 때 유럽 배낭여행이니 어학연수니 하는 것들이 본격적으로 유행하기 시작했다. 특히 방학 때 선배나 친구나 어디를 다녀오고 나면 기이한 현상이 벌어지곤 했다. 여자들은 하나같이 살이 쪘다고 난리, 남자들은 다들 핼쑥해져서 근심. 한두 명의 일이 아니니 뭔가 있음에 틀림없다. 말을 해보면, 여자들은 그곳의 음식을 그리워하는 경우가 많았고 남자들은 그곳에서 못 먹은 한국음식 한탄이 많았다. 1990년대 후반과 지금은 많은 것들이 달라졌겠지만, 그때는 그 차이가 눈에 띌 정도였다. 그런데 먹는 것만 문제는 아니었다. 여자들은 다시 나가고 싶다고 노래를 했고, 남자들은 대단히 좋은 것도 아니라는 경우가 우세했는데, 그 큰 이유는 바로 '살림'이었다.

여자들은 대체로 집에서 어머니의 살림을 도우며 성장했다. 어머니가 편찮으시면 아버지와 남자형제의 밥을 차려야 했고, 자매가 있다면 그 자매를 도와야 했다. 어머니가 건강하실 때에도 집안 청소를 할 때, 밥을 차릴 때, 세탁을 하고 설거지를 할 때 어머니를 돕는 것은 기본이었다. 그 결과 외국에 나가면? "너무 좋아. 나 하나만 건사하면 되잖아." 외출하고 돌아와 속옷과 양말을 빨고, 일주일에 한 번 세탁기를 돌리는 것은 일도 아니었다. 방 정리도 마찬가지. 남자들은 그 모든 것이 누군가의 노동으로 인한 것이었음을 외국까지 가서 깨닫는 일이 많았다. 석사나 박사 과정을 위해 유학 가는 경우, 지금도 많은 남성들이 결혼부터 하고 아내와 함께 가기를 선택하는 이유가 바로 이것이다. 그래서 등장하는 것이 "너 팬티 며칠까지 입어 봤어?" "너 양말 며칠까지 신어봤어?" 겨루기다. 대체로 이 겨루기의 승자는, 벗은 속옷이나 양말이 그 모양 그대로 세워지더라는 무용담(이걸 무용담이라고 부를 수 있다면 말이지만)의 주인공이다. 내가 들은 가장 황당한 이야기는, 모든 물건에는 자정작용이 있어서 시간이 가면 도로 깨끗해진다는 해명이었다. 그 이유로 개 목욕을 시키지 않는 사람 이야기도 들은 적이 있었다.

이유는 더 있다. 한국 여자들은 외국 생활을 하면 체중을 포함한 몸매에 대한 근심이 한국에서 과도했다는 사실을 알게 된다. 사람들 시선이 날카로워 입지 못하던 옷을 마음 편하게 입을 수 있고, 밤잠 설쳤다고 "너 얼굴 엄청 커졌다" 같은 말을 하는 사람도 없다. 한국 여성들이 이상적이라고 생각하는, 이른바 '미용체중'이라는 47킬로그램을 훨씬 상회해도 건강하고 아름답다고 생각하는 사람들 사이에 있다 보면 체중이 자연스럽게 불어나게 된다. 남녀를 불문하고 가족에 대한 그리움 때문에 폭식증이 되는 경우도 드물지는 않은데, 그런 이들이 자주 선택하는 '최저 비용 최고 효율' 간식인 누텔라 떠먹기 단계에 돌입하기도 한다. 그렇다고 해도 대체로 한국 여성들은 저체중이다가 정상 체중이 되는 정도다.

이 모든 이유가 합쳐져서 외국생활을 하는 초기에는 여성과 남성의 체중 차이가 눈에 띌 정도인 경우가 적지 않다. 여행이라고 해서 크게 다르지는 않다.

여자가 여행을 할 때 남성과 비교해서 가장 골치 아플 일은, 생리일 것이다. 생리 기간과 겹쳤던 수많은 여행과 출장을 떠올려보면 눈물이 앞을 가린다.

혹시나 여성의 생리가 '어떻게 되는 것'인지 모를 남성들을 위해 생리에 대해 간단히 설명하겠다. 여행 중에 생리를 하면 "왜 진작 알아서 처리하지 않았느냐"는 원망을 몇 번 들어본 적이 있어서다. 그렇게 간단한 일이 아니다.

한 달에 한 번, 주기가 일정한 경우도 있으나 일정하지 않은 사람도 많은데, 생식기에서 피가 흥건하게 흘러나온다. 그 일은 평균 5일간 지속되며, 그 기간 동안 한순간도 쉬지 않고 피가 나온다. 기침이라도 하면 (여성들 사이의 표현을 빌면) 생식기에서 '굴을 낳는' 기분으로 핏덩어리가 울컥 나오는 일도 있다. 첫 이틀은 출혈이 가장 많고 통증 역시 심한데, 극심한 생리통이 아니라 해도 몸살감기 수준의 체온 변화와 두통, 요통, 소화불량이 동반된다. 첫 이틀 정도는 사실상 활동을 최소화하고 약을 먹고 잠을 자는 것밖에는 방법이 없다. 생리대는 첫 이틀간은 두세 시간에 한 번은 갈아주어야 한다. 생리대를 갈기 어려울 상황이거나 통증이 심한 경우는 여행 날짜에 맞춰 약을 처방받아 생리 기간을 뒤로 늦추는 경우도 있는데, 그렇게 해본 결과 그다음 생리 때 평소의 배가 넘는 심각한 생리통을 경험했으며 몸이 심각하게 부었다.

나이를 먹으면서 생리전증후군에 배란통까지 추가되어, 한 달에 열흘 정도는 자궁님 문제로 고생을 하게 되었다. 가장 심각한 문제는 주기가 맞지 않을 때 발생하는데, '여행 갔다가 갑자기'라는 상황, 여자라면 어떻게 낯설까.

뭐 좋은 얘기라고 생리에 대해 시시콜콜 쓰는가 생각하는 분이 계시다면, 이게 10대부터 거의 환갑에 이를 때까지 여자들이 매달 겪는 일이라고 말하겠다. 멋지고 자랑스러운 일은 아니고, 좋은 점은 하나도 없어서, 친구들이 썩은 얼굴을 하고 약속 장소에 나타나 "자궁…"이라는 외마디를 하면 부둥켜안고 같이 신음하는 그런 일이다.

당신은
혼자
떠난 적이
있나요?

혼자 여행하는 데 워낙 버릇이 들어 있는 터라, 뜻밖에 혼자 여행해본 경험이 없는 사람이 많다는 사실이 신기했다. 이를테면 가장 자주 받는 질문.

"무섭지 않아요?"
"말이 안 통하면 어떻게 해?"
"사고가 나거나 아프면 어떡하지?"

당연히, 사고가 있을 수도 있고 아플 수도 있으며 말이 안 통하는 경우는 부지기수다. 재미있는 일은, 그것들을 포함하는 게 여행의 재미라는 것이다.

날마다 일정한 시간에 집을 나서서, 알고 있는 길을 통해 학교나 회사에 가고, 어제 만난 사람들을 오늘도 만나 일을 하다가 일정한 시간이 되면 집으로 돌아와 잠드는 일. 예측 가능한 많은 일은 일과라고 불린다. 그 밖의 세상으로 떠나는 게 여행이고, 그러니 당연히 평소와 다른 일과를 해치우며 시간을 보내게 된다. 때로는 언어가 통하지 않아도 말이 통하는 경험을 하게 되기도 하고, 처음 만나는 사람이 내 속을 읽어내는 기분에 감동하기도 한다. 남루한 숙소에서 혼자 누워서 감기에 골골대기도 하고, 뜻밖에 돈을 잃어버리거나 더 심하게는 소매치기를 당해 막막해지는 경험을 하게 되기도 한다.

돈을 들여 고생해보고 그 고생을 통해 배우는 일. 일상에서라면 우리가 마냥 절망하고 우울해할 그 경험들이, 여행이라는 이름 아래 놓이면 무용담이 되고 추억이 된다.

혼자 떠나보면, 집이라고 생각했던 곳이 낯설어지는 경험을 하기도 한다.

밖에서만 보이는 풍경이 있다. 단순히 집이 아닌 곳에서 보는 풍경이라는, 물리적인 차이가 가져오는 것만을 뜻하지는 않는다. 혼자 떠나봐야 한다고 말하는 이유는 그래야 정신적인 차이를 경험할 수 있기 때문이다. 처음 딛는 길 위에서 돌아볼 때 이곳에서의 삶을 다시 생각해볼 수 있다. 정신적 분리를, 물리적인 분리를 통해 가능케

하는 것이다. 익숙한 것들에 둘러싸여 있을 때는 익숙한 대로 생각하니까. 익숙한 관계 안에 있으면 장소가 바뀌어도 새로 발견할 것이 없다.

굳이 혼자 떠나야 한다는 말을 할 생각은 없다. 일행을 원하는 마음에는 이유가 있는 법이니까. 비용 문제일 경우도 있고, 낯선 곳에 대한 두려움일 수도 있다. 그냥 하고 싶은 대로 하면 된다. 맞는 줄 알았던 일행과 안 맞는다는 것을 배우는 것은 여행이 알려주는 큰 수확 중 하나. 아는 줄 알았던 사람을 잘 몰랐다는 것을 배우는 것도 여행이 가르쳐주는 큰 가르침 중 하나. 가족과 사는 일과 혼자 사는 일은 다를 뿐이지 옳고 그름의 문제가 아니다. 여행도 마찬가지 아닐까.

어느 해인가, 이대로 가다가는 인간관계라고 부를 것이 소멸하겠다는 근심에 빠진 일이 있었다. 나는 낯가림이 심한데다가 나의 좌우명은 '아는 사람은 싫고 모르는 사람은 무섭다'였던지라, 일이 아니고는 만나는 사람이 없었고 집에 있기를 가장 좋아했으며, 여행도 혼자 하는 데 최적화되어 있었다. 그래서 '다른 사람이 제안하면 무조건 함께 여행을 가는 해'라는 것을 정한 일이 있었다. 규칙은 간단하다. 누가 "이번에 어디어디를 가는데 같이 가실래요?" 같은 말을 하면 "어머, 거기 가신다고요? 저도 같이 가요!"라며 무조건 함께 여행을 가는 것이다. 그 시도가 한 해로 그친 것을 보면 결과가 어떠했는지 대충은 짐작 가능하리라.

사실은 무척 좋았다. 그 무모한 시도 덕분에 개인적으로 잘 알지도 못하는 사람과 타이 여행을 다녀왔다. 도마뱀을 무서워해서 동남아로는 가능한 떠나지 않는데도, 그해에는 누군가가 제안해준 덕분에 매번 다른 일행과 두 번이나 치앙마이를 다녀왔다.

　이런 여행법은 간단하다. 누가 '같이 갈래?'라고 하면 그냥 같이 가면 된다. 이런 유의 '모르는 사람과 함께하는 여행'의 경우, 잠재적 연애 상대와 여행을 가는 것은 신경 쓸 게 너무 많아서 가능한 피하는 게 좋다고 생각하는 편이다. 나의 경우는 정말 밥 한 끼 따로 먹어본 적 없는 일로 알게 된 사람들이나, 여행지에 연고가 있거나 오래 머물고 있는 커플의 동행 제의에 응한 것이었다. 그런 식으로 아마도 인생 마지막이 될지도 모르는 피렌체 여행을 했고, 제주도에 사는 사람 집에서 노루가 짖는 소리도 들었다. 한밤중에 노루가 개처럼 컹컹 짖는 소리를 들으며 오름 근처로 산책을 나갔던 밤은 오랫동안 기억에 남는다.

　평소의 나라면 하지 않을 패턴으로 여행을 다녔다. 내가 번 돈을 온전히 내가 쓸 수 있게 된 뒤로 절대 하지 않은 짓인 '남의 집/숙소에 얹혀 있기'도 그해에는 실컷 해버렸다. 아마도 내 평생 교류가 없을 사람들과 어울려보기도 했고, 까마득하게 높은 품격의 체험을 하기도 했고, 세상 둘도 없는 초전문가 도슨트의 설명을 들으며 그림 구경을 다니기도 했다. 정말 근사한 시간이었고, 내가 다른 사람과 오래 같이 있는 걸 정말 힘들어한다는 것도 배우게 되었다. 엄청 좋은데 엄청 힘들어!

그러니 여행으로 뭘 배운다는 게 결국 제자리로 돌아오는 일인 경우도 있는 것이다. 기껏 제자리에 돌아오려고 어딘가로 떠나는 일, 같은 자리에 있기로 했다고 해서 그 전과 같은 사람일 수는 없는 법이다.

나의

작은

동굴

(feat. 우물)

남자에게는 동굴이 필요하다고 한다. 남자는 어쩌고 여자는 어쩌고 하는 책에서 언젠가 읽은 기억이 있다. 책에서 읽은 건 잘 기억도 안 났는데, 이후 남녀 (연애)심리 책에 자주 등장해서 모를 수가 없었다. 요약하면 이렇다. '동굴기'라는 게 오면 남자는 가까운 사람들과도 연락을 잘 취하지 않으며 혼자만의 시간을 보내고자 한다. 그럴 때 그냥 두면 충분한 시간을 가진 뒤 다시 동굴 밖으로 나온다. 플라톤의 동굴의 비유 같은 것은 아니고, 그냥 가끔 주변의 많은 것으로부터 거리를 두고 혼자 있고 싶어 한다, 그것이 남자라는 말이다.

오, 마이, 갓.

나는 남자인가.

어렸을 때부터 장군감이라는 말을 듣긴 했어.

'동굴기'라는 걸 들은 뒤, 그거야 그거, 하고 생각했다. 모든 인간
이 필요로 하는 혼자만의 시간 말이다. 다른 사람과 말을 하고 싶어
질 때까지 혼자 그냥 아무도 신경 안 쓰고 지내고 싶은 마음. 남자들
이 이런 욕구를 갖고 있다는 사실은 너무도 잘 이해할 수 있다. 내
생각엔 여성들도 마찬가지일 것 같지만. 사교적인 성격이라 해도,
사교적인 성격으로 보인다 해도, 혼자 있는 시간은 필요하다. 동굴
에서 면벽수행하는 기분으로 지내는 시간.

언젠가 우울하고 아무것도 할 수 없다고 말하자, 동료가 물었다.
그럴 때 혼자 있는 편인가 아니면 사람들 속에 있는 편인가 하고. 두
말할 필요 없이 전자의 인간이다, 나는. 나는 낯을 많이 가리고 인간
관계도 서투른 편이다. 혼자 있는 시간은 귀할 수밖에 없는데, 친구
와 재미있게 놀고 나서도 혼자 있어야 기운이 회복된다. 사람을 많
이 만나는 일을 하고 나면 아무것도 못 먹고 그냥 누워서 몇 시간씩
보내기도 한다. 혼자 여행을 하는 이유 중 하나는 이것이다. 고민할
거라고는 이제 뭘 먹을까, 어딜 갈까, 다리가 아프다, 팔이 쑤신다
같은 것뿐인 시간을 보내는 일이 일종의 해독작용을 하기 때문에.

나의 동굴들. 버스, 혼자 쓰는 객실, 기차, 비행기, 당연하게도 나

의 집과 나의 침실. 상자의 모양을 한 나의 동굴들.

  아이를 키우는 친구들이 공통적으로 하는 말이 있다. 혼자 여행하는 건 꿈도 못 꾸겠다고. 그 시절이 그립다는 뜻이기도 하고, 배우자와 아이(들)가 함께하는 여행의 즐거움과 괴로움을 담은 말이기도 하다.

  여행이라는 것은, 우울치료제로 여행을 복용하는 사람에게는 세상에서 더없이 넓은 동굴이고 또한 가장 작은 동굴이다. 그런 여행에서는 아무와도 친구가 되지 않는다. 나 자신과도 더 친해지지 않는다. 그냥 나를 잘 모르겠고 내가 싫은 상태로 어딘가로 갔다가 그대로 다시 돌아온다. 아무것도 나아지지 않는다. 그냥, 동굴에 들어갔다, 나왔다. 그게 전부다.

이번에는
아무 곳에도
가지 않았습니다

"어디 가?" "어디 갔다 왔어?"

휴가나 연휴가 끝나면 안부인사처럼 묻는 말이 오간다. 언젠가 나는 휴가 동안에 집에 있었고, 다들 당연하다는 듯 물어오는 말에 가벼운 공황상태가 되었다. 이럴 줄 알았으면 그냥 아무데나 다녀올 걸 그랬나. 집에 있었다는 말을 하니까 다들 "?????" 하는 표정이 되어서, 갑자기 이유 없는 자괴감을 느낀 일이 있다.

자괴감을 느낄 이유는 없었다. 왜냐하면 쉬는 동안 정말 좋았으니까. 아무 곳도 가지 않고 그냥 천장을 보고 누워서 아무 생각도 하지 않고 멍 때리는 일이 적성에 맞는다는 사실을 알게 되었다. 재미있는 일을 해야 한다거나 돈 값을 해야 한다는 생각 없이, 아무도 만나

지 않고 집에 있었다. 왜 아무 곳도 가지 않았는지는 기억나지 않는
다. 나는 월급을 정기적으로 받게 된 뒤 아무 곳에도 가지 않은 휴가
를 거의 보낸 적이 없다. 설과 추석도 마찬가지였다. 그런데 그때는
순전히 내 의지로 집에 있었고 만족했다. 그런데 그 사실을 말하게
되지 않는 것이었다. 대단한 것도 아니고,

그냥 집에 있었어. 푹 쉬었어. 정말 좋았어.

같이 일했던 Y아나운서가 눈 수술 때문에 일을 2주 쉬었다. 복귀
하고 나서 하는 말이, 이전 수술 때 제대로 못 쉬고 복귀한 게 탈이
났던 듯하다며, 제대로 쉬니 금방 회복되었단다. 그리고 쑥스러운
듯 덧붙이기를, "아무도 안 만나고 그냥 있었는데, 저 이게 적성에
맞나 봐요." 아무것도 하지 않고 쉰다는 경험을 하지 못하기 때문에,
여행을 가면 일상에서보다 더 바쁘게 지내기 때문에, 아무것도 안
해봐야 보이는 풍경을 보지 못한다. 내가 일중독이었나, 관계중독이
었나, 인정중독이었나. SNS중독일 수도 있다. 단 하루나 이틀이라
도 완전히 비워놓고 타인의 시선에서 피해 있는 일은 그래서 귀하
다. 아무것도 하지 않고. 하루나 이틀 이야기를 하는 이유는, 아이를
키우는 사람들에게 아무것도 하지 않는 긴 휴가나 명절이라는 것은
유니콘과 같기 때문이다.

친구 부부가 첫 아이를 낳아 키우던 때, 아이 돌이 지난 뒤 남편의

첫 휴가가 달랑 3일 정도 있었다고 한다. 하루는 자신이, 하루는 남편이 다른 구(다른 시였다면 더 좋았겠지만)에 있는 깔끔한 호텔을 잡아 '혼자' 머물기로 했다고 했다. '같이' 있는 게 아니라 그냥 혼자. 심심했고 걱정됐고 무엇보다 왜 이런 아무것도 아닌 것을 하기가 힘든가 생각도 했다고. 그리고 말하길, 사실 굉장히 좋았어. 그냥 서점 갔다가 커피숍 갔다가 사지도 않을 물건 구경을 하다가. 다음에 할 일 생각 안 하고 그냥 그렇게 하루 동안 애랑 떨어져 있는데 정말 좋더라. 이렇게 말만 해도 죄책감이 느껴지지만. 다시 그렇게 하려면 얼마나 더 있어야 할까.

문제는, 제약조건이 없는데도 혼자 아무것도 하지 않는 휴가라는 것은 어쩐지 '없어 보인다'는 강박을 낳는 것이다. 바쁘게, 좋은 데서 보내는 시간이야말로 나 자신을 괜찮게 보이게 한다는 생각. 인스타그램에 올릴 사진도 없는 걸 휴가라고 불러도 되는가. 남들이 물어보는 말이 귀찮아서라도 어딘가 다녀와야 하는 건 아닌가. 그런 생각에 시달린다.

네. 여행도 자기 돈 쓰고 시간 쓰고 체력 쓰는 일이니까요. 하지 않아도 괜찮습니다. 그리고 아무것도 하지 않는 시간이 즐거울 수 있으니까요. 남한테 인정받아야 좋은 것은, 공부와 회사 업무로도 충분합니다.

헤비
로테이션

내가
아는 곳을
더 잘
알고 싶다

여행 중독도 여러 종류가 있다. 안 가본 땅은 다 밟아보아야 직성
이 풀리는 사람이 있는가 하면 일단 무조건 나가고 봐야 하는 인간
도 있다. 난 후자 쪽이다. 안 가본 땅에 대한 신비가 적은 편이다. 내
가 아는 곳을 더 잘 알고 싶다. 내가 아는 즐거움을 더 탐닉하고 싶
고, 내가 사랑하는 것들을 다시 보고 싶다(가능하다면 백만 번이라도).
낯선 도시가 낯익은 도시로 느껴지면서 가끔 낯선 얼굴을 드러낼
때의 불안과 황홀은 그저 처음 본다는 이유로 매력을 느끼는 것과
는 차원이 다르다.

나는 사람에게도 비슷하게 군다. 새로운 사람을 아는 것보다 아는
사람을 깊게 아는 걸 좋아한다. 좋아하는 사람과는 아무리 같이 있

어도 질리지 않는다. (상대방도 같은 상태가 아니라면 조금 곤란할 것 같다) 매일매일 이야기를 해도 아무리 별것 아닌 얘기를 해도 즐겁다. 그러다 내가 이 사람을 아직 모르는구나 싶은 순간이 오면(당연히 온다) 몹시 불안해진다. 그런 모습까지 알고 싶은가? 그렇기도 하고 아니기도 한다.

　대인관계에서 유일한 나의 철학은, 상대가 알리고 싶어 하지 않는 건 캐묻지 않는다는 것 정도. 상대방이 처박힐 수 있는 골방 하나쯤은 허락하고, 그곳에서 '너무 오래' 나오지 않는 것 같으면 억지로라도 부수고 들어가버린다. 그쯤 되면 자신의 날숨으로 탁해진 공기보다는 다른 사람의 오지랖이 훨씬 위로가 된다고 믿기 때문이다. 당신이 혼자만 있고 싶어 하는 인간이었다면 날 애초에 좋아했을 리가 없잖아! 라고 주장한다. 팔을 잡고 거리를 걷거나 나란히 앉아서 각기 다른 일을 하며 잠깐 시간을 보내는 것만으로 대개의 인간은 훨씬 '덜 부정적'이 된다. 여러 번 가본 도시들(오래 있었던 도시와는 별개다), 런던이나 도쿄가 주는 매력은 내가 아는 사람을 더욱 오래 알아가면서 맛보는 매력과 비슷하다. 다 알고 있지만 언제나 그 도시는 변하고 있고, 매번 다른 일이 발생하고, 예측은 불가능하다.

　여행을 떠나고 싶은 날이 1년 365일 중 365일에 달하기 때문에, 여행을 못 떠나는 수많은 시간 동안 나는 남의 여행기 읽기를 즐긴다. (휴가 중일 때는 빼야 하는 것 아니냐고? 휴가 중인 인간보다 휴가를 더

원하는 인간은 없다고 했다! 〈크리미널 마인드〉에서 주워들었다.) 남은 평생 동안 내게 허락된 여행지가 지금껏 내가 가본 곳들에 한정된다 해도 난 하나도 억울하지 않다.

인터넷 블로그에 있는 여행기 중 내가 가장 좋아하는 대목은, 비행기를 타고 떠나는 '출발'이다. 공항까지 가는 버스를 타고, 탑승수속을 밟고, 면세점에 들르고, 비행기 자리에 앉아서 창밖을 호시탐탐 훔쳐보고, 기내식을 먹고, 기내식에 대해 불평하고, 여행에 대해 계획을 세우고 설레는 순간. 천편일률적이지만 나는 그 순간에 여행의 절정을 느껴버리니까 그 순간을 쓴 이야기들이 좋다. 내가 사랑하는 사람들을 만나러 가는 순간에 오늘 무슨무슨 이야기를 해야지, 무슨무슨 이야기를 들어야지 하며 기대에 가득 차는 것처럼, 그 도시가 들려줄 이야기를 한가득 기대하고 있는 상태. 알고 있지만 모르기도 하는. 더러운 뒷골목과 위험한 밤풍경과 지루한 관광지들을 밟고 또 밟으며, 지난주에 했던 이야기, 지난달에 했던 이야기, 지난 몇 년간 100번쯤 들은 이야기를 반복하면서도 사랑은 좀처럼 식지 않는다.

그래서 나는 서울을 다른 어느 곳보다 사랑하는 것일지도. 서울만큼의 신비 없음과 신비로움을 동시에 가진 남자를 찾습니다. 매일 다른 건물이 올라가지만 그 속 알맹이는 어쩐지 그대로인. 그러고 보면, 나도 결국은, 모노가미(일부일처제)에 적합한 인간인 것이다. 어쩐지 기운 빠지지만, 사실은 그렇습니다. 하지만 살고 싶은 도시를 택하라면 역시 에든버러. 모노가미 운운한 것은 미혼자의 패기라고 생각해달라.

부모님이 계셨지만 맞벌이를 하셨고, 나와 동생은 사실상 외할머니 손에 컸다. 외할머니가 가장 멀리 가보신 곳은 제주도였다. 일본에 가보고 싶어 하셨는데 못 보내드렸다. 그나마 일본 여행에서 할머니가 좋아하는 일본 소설들을 잔뜩 사다 드리는 정도였다. 그러고보면 식구가 줄어들면서 여행지에서 사오는 기념품도 바뀌었다. 아버지를 위해서는 늘 술과 담배를 사왔다. 어머니를 위해서는 화장품을. 외할머니를 위해서는 일본 역사 소설을. 개 네잎이가 있던 때는 개를 위한 간식이며 옷을 잔뜩 샀다.

외할머니는 말년에 집 밖으로 혼자서는 나갈 수 없을 정도로 건강이 안 좋아지셨다. 녹내장으로 고생하실 때는 책마저 읽을 수가 없다고 괴로워하셨다. 이미 그때 다른 증세로 입원 중이셔서 눈 수술은 위험할 수 있으니 포기하시는 게 어떻겠느냐고 물었을 때, "날 죽이려고 하느냐!"면서, 못 보고는 못 살겠다고 말씀하신 일도 있다. 외할머니는 눈 수술을 결국 하셨고, 무사히 회복하셨고, 마지막까지 방에 엎드려 내 책이나 내가 사다 드린 책들을 읽으셨다. 한번은 내가 빌려온 일본 소설 《영원의 아이》(당시에는 절판이었다)를 외할머니가 읽으시다가 책 등이 휘어 화를 낸 적도 있었다. 그런 기억이 계속 남아 있다. 그때 화내지 말 걸. 고작 책이었는데. 책을 빌려준 사람에게 사과하고 보상할 방법을 찾으면 되는 일이었는데.

외할머니는 결국 일본 여행을 못 가셨지만, 심심할 때면 《세계를 간다》 '일본 편'을 읽고 또 읽으셨다. 여행 가이드북을 왜 저렇게 열심히 읽으시지 생각했는데, 그건 여행을 다녀온 내 생각이었다. 어느 동네에는 어떤 사람들이 살고, 거기에는 뭐가 있고 등을 알려주면서, 게다가 지도가 같이 붙어 있는 그 여행서를, 정말이지 몇 번이고 지치지 않고 읽으셨다. 여행 에세이 같은 거 말고 그 책이 재미있다고. 숫자와 사진, 전화번호와 주소, 그리고 지도가 있는 그 책이.

가지 못한 장소를 글로 경험하고 상상하는 것은, 인간이 상상력을 지닌 이유 중 하나일지도 모른다. 나는 결국 가본 곳보다 못 가본 곳이 더 많은 채 죽을 것이다. 하지만 가본 곳보다 읽어본 곳이 더 많기는 하겠지. 안 가본 곳에 대해 읽고 상상하는 법을, 나는 외할머니를 통해 배웠다.

여행의

사운드트랙

만들기

지금 사용하는 물건 중에서 스마트폰만큼 많은 것을 바꾼 물건이 또 있을까 싶다. 일상을 바꾸었고 여행도 바꾸었다. 스마트폰, 그러니까 무선인터넷으로 음악을 실시간 스트리밍하거나 다운로드받는 게 가능해진 이 물건 이전에는 장기 여행을 떠나기 전에 밤을 새워 여행 때 들을 음악 셀렉션을 만들었다. 〈가디언즈 오브 갤럭시〉의 피터 퀼이 어머니로부터 물려받은 'Awesome Mix Vol. 1' 'Awesome Mix Vol. 2' 카세트테이프를 워크맨에 가지고 다니면서 듣듯이, 한때는 테이프를 만들었고, 그다음으로는 CD를 스무 장 정도 골라 휴대용 파우치에 넣어야 했다. 테이프를 듣던 시절엔 여행이란 걸 대단히 많이 다닌 건 아니라서 추억이랄 것도 없지만(기껏해야 유재하

1집을 늘어날 때까지 들으며 통학하는 정도였다) CD와 MD는 꽤 오래 여행동반자 역할을 해서 할 말이 많다.

휴대용 CD파우치라는 물건은 휴대에는 용이하지만 CD와 CD케이스를 영원히 분리하는 마의 도구이기도 하다. 나처럼 덤벙거리는 사람에게는 특히 그렇다. 언젠가 음악평론가 아무개 선생이 일하고 귀가하던 지하철에서 CD파우치 10개 정도를 분실했다는 말을 듣고 일행이 모두 눈물을 글썽였던 일도 있다. 자동차 운전자들도 그때는 전부 CD파우치에 CD를 골라 가지고 다녔는데, 컬렉션을 어떻게 해야 할지가 굉장한 숙제였다. 여행을 갈 때면, 스무 장을 남기기 위해 일주일을 고민했다. 당장 좋아하는 음반, 영원히 좋아할 음반, 흥을 끌어올리는 음반, 편히 쉴 때 필요한 음반, 꽤 좋아하는 음반, 이런 식으로 영원히 이어질 것 같은 '좋아요' 리스트를 상대해야 한다. 이상하게도 빼놓은 음반은 꼭, 나중에 생각나더라.

거의 항상 가지고 다닌 음반은 마이클 잭슨의 베스트 앨범(〈I Want You Back〉〈Human Nature〉〈Man in the Mirror〉 같은 곡들은 천만 번씩은 더 들어도 여전히 좋아하고 있을 것이다)과 비틀즈의 'White' 앨범이었던 것 같다. 그리고 로잘린 투렉이 연주하는 '골드베르크 변주곡' 음반도 거의 항상 가지고 다녔던 기억이 난다. 찰리 헤이든과 행크 존스가 연주하는 'Steal Away' 음반 역시 인생템인데(여기 적은 모든 음반은 내 것이든 선물용이든 다섯 장씩은 산 것 같다. 분실도 많이 했고), 깨어 있지도 못 하겠고 잠도 못 자겠는 때 듣는 나만의 부흥회 음반이라고 할 수 있다.

　여행지에서는 사실, 음악이 없는 쪽이 그곳에서의 경험을 잘 하게 도와준다고 믿는다. 내가 좋아하는 음악을 가져간다는 것은 나라는 인간의 통일성을 유지하게 만드는 유용한 수단이다. 거기서 미지의 것과 부딪힐 가능성을, 최소한 사운드 면에서는 제한한다. 하지만 귀에 뭘 꽂지 않고 나다니는 일 자체가 낯선 데다가, 내가 가져간 음악이 아닌 걸 들을 수 있는 방법도 제한적이니 어쩔 도리가 없다. 가능하면 그냥 아무것도 귀에 꽂지 않고 거기서 사람들의 소리를 듣는 쪽이 가장 좋은 것은 여행을 좋아하는 이들에게는 불변의 진리라고 믿는다.

　적지 않은 경우에, 여행지에서 음반을 산다. 요즘엔 빈도가 확실히 줄기는 했지만, 사긴 산다. 콜드플레이 음반을 처음 산 것도 여행지에서였다. 한국에서도 이미 인기 밴드였던 때였으나, 런던에서는 콜드플레이가 공기 중에 가득이었다. 한국에서 떨떠름하게 반응했던 나조차도, 그 안에서 며칠을 살고 나니 계속 듣고 싶어졌다.
　앨라니스 모리셋의 'Jagged Little Pill' 음반 역시 캐나다 여행 중에 샀다. 캐나다인이라 더 그랬을 테지만, 이 끝내주는 음반은 그 여름 밴쿠버에서 가장 인기가 좋았다. 그 음반을 그곳에서 머무는 기간 내내 들었는데, 그래서 지금도 〈Head Over Feet〉 〈Irony〉 같은 당시 좋아하던 곡을 들으면 스무 살께의 여름으로 돌아간 기분이 된다. 그때 걷던 롭슨 스트리트, 끝도 없이 이어지던 스탠리 파크의 산책로, 약간 우중충하던 바다와 불가사의할 정도로 자주 내리던 비.

여행지에서 어떤 음악을 '발견'하면 이런 재미가 있다. 그 시공간에 특정 음악이 각인된다. 일본인 친구가 처음 들려주었던 스피츠의 음악들은 어땠나. 이어폰을 한 쪽씩 귀에 꽂고, 서로 좋아하는 자국의 노래들을 공유하던 시간들. 친구와 여름 교토 여행 중에 들었던 스맙의 〈Fine, Peace!〉는 한여름의 사운드트랙으로 각인되어 있다.

타이 여행을 마치고 선물받은 CD는 지금 어디 갔는지도 모르겠는데, 밤에 그걸 틀어놓고 있으면 클럽에 온 기분을 만끽하게 된다. 그리고 이곳과는 영 어울리지 않아 오래 듣지 않게 된다.

아일랜드를 여행할 때는 어쩌다 mp3에 넣어놓고 듣지 않던 아메리카의 〈A Horse with No Name〉을 아이팟 셔플 재생 덕분에 듣게 되었다. 참 잘 어울리는데 설명할 수 없는 이유로, 더블린에서 멀리 더 멀리 나갈 때 다소 황량해 보이는 광경을 보며 그 곡을 무한히 반복해 들었다.

일본 인디밴드 음악을 많이 들은 이유도 당연히, 일본 여행을 자주 가기 때문이었다는 것. 와중에 영국 포크 뮤지션들을 찾아 들은 것은 전부 서울에서 생돈 써가며 모았던 CD들 덕분이었다. 어떤 경험은, 굳이 멀리까지 이동하지 않고도 가능하다.

그렇다. 어떤 음악을 특정 시간과 장소에 각인시키는 데 중요한

것은 한 곡 반복 재생과 헤비 로테이션이다. 여러 곡과 섞어듣지 않고, 이전에 다른 경험과 연관되지 않은 곡을, 듣는다. 여기서 다시한 번 강조하면, 나는 뭐든 한번 좋으면 반복하기를 좋아한다. 살면서 〈A Horse with No Name〉을 천 번 들었는데, 그중 900번이 아일랜드에서였다면, 당연히 음악이 즉각 불러오는 풍경이라는 게 있을 수밖에 없지 않겠는가. 나중에 이 곡을, 다시 50번 넘게 들은 것은 코맥 매카시의 '국경 3부작'을 읽을 때였다. 일 때문에 영어책으로 세 권을 일주일간 몰아 읽었는데, 그러면서 저 음악이 제법 잘 어울린다는 생각에 틀어놓곤 했다. 음악과 책의 궁합이 좋았는지 나빴는지, 죽은 말과 카우보이가 나오는 꿈을 꾸었다.

치앙마이 중심가인 타패게이트 앞에는 헌책방이 있다. 내가 간 곳은 도마뱀 그림이 그려진(그리고 당연히 도마뱀이 벽에서 4D로 움직이고 있는) 게코북스였다. 사실 여행지에서 헌책방에 들르는 일은 내가 가장 잘하는 일 중 하나다. 책을 사러 서점에도 자주 가지만 돈이 늘 부족하니까… 하루 때울 스릴러, 로맨스, SF소설을 찾을 땐 특히 자주 간다. 대체로 이런 식이 된다. 헌책방 발견—현재 향하던 목적지를 잊고 헌책방으로—야외 매대의 책을 잠시 보기로 마음먹음—실내로 들어감—도끼자루가 썩음. 언어를 모르는 나라에서도 헌책방은 간다. 새 책은 못 사도 헌책은 싸니까 더 쉽게 산다. 서점은 책을 파는 곳이지 글을 파는 곳은 아니다. 그림책을 사기도 하고, 내가 좋아하는 책의 현지어 판본을 사기도 한다.

 게코북스 얘기로 돌아가면, 그곳은 여느 헌책방처럼 입구라고 부를 만한 곳에 책이 잔뜩 쌓여 있고 벽을 비추는 불빛 아래로 도마뱀들이 바쁘게 움직이는 그런 곳이었다…. 사실 일행은 도마뱀을 신경도 안 쓰는 것 정도는 나도 알고 있었다. 하지만 나는 도마뱀을 싫어한다. 귀엽다고 말하지 말아줘. 도마뱀보다 네가 더 무섭다고도 하지 말아줘. 정말 무섭다. 특히 밤에 불 켜진 곳에 몰려 있는 그들…. 하지만 도마뱀에 대한 두려움을 책에 대한 애정이 이겼다.

 페이퍼백의 산이 그곳에 있었다. 많은 여행자들이 가벼운 페이퍼백을 여행 중에 읽고(여행지에서 《왕좌의 게임》 시리즈—충격적일 정도로 두껍다—를 읽는 사람을 본 경우를 다 세어 보면 적어도 백 명은 되는 것 같다, 양념은 좀 쳤다) 현지의 헌책방에서 다른 책으로 바꿔간다. 돈으로 받아가는 일도 있겠지만, 대체로 백패커의 장기간 여행이란 기다림을 피하기 어렵다는 뜻이기도 하니까, 책으로 물물교환을 많이 한다. 페이퍼백들이니까, 완독한 티가 역력하게 책등이 휘어 있는 경우가 많다. 여행지에서는 여행에 관한 책도 많이 읽는다. 제프 다이어의 책들을, 한국에 번역이 되기도 전에 게코북스에서 샀다. 여행자들이 주고객인 그런 서점의 책들을 펼쳐보면, 책을 소유했던 여러 사람들이 자신이 책을 사거나 판 날짜와 자기 이름, 그리고 국적 같은 것을 메모한 것을 보게 되는 일도 있다. 누구 한 명이 쓰면 그다음 주인도 쓰게 되는 모양이다. 그리고 또 그 목록이 이어지길 원하며 파는 것이다.

　호스텔에 머문다면, 호텔의 라운지 구석에, 그렇게 여행자들이 두고 간 책들을 모아둔 공간을 발견할 수 있을 것이다. 나도 여러 나라 호스텔에 다 읽은 책들을 많이 두고 왔다. 그 책들을 떠올릴 때면, 그 책이 또 어디로 여행을 떠날까, 지금도 읽히고 있을까 궁금해지곤 한다. 나 또한 조르주 심농의 고전 미스터리 몇 권을 그렇게 다른 나라의 호스텔 라운지에서 찾아 읽었다. 예술작품들은 인간이 할 수 있는 것보다 더 멀고 더 깊이 여행한다.

　《종이달》의 작가 가쿠타 미쓰요가 《장서의 괴로움》을 쓴 오카자키 다케시에게 헌책도를 전수받는다는 콘셉트의 책 《아주 오래된 서점》은 도쿄 여행하는 법을 헌책방 로드로 알려준다. 무술 이름이라도 되듯 헌책도道라고 헌책방 순례를 표현한 이유라면 역시, 여기에는 전해져오는 질서가 있고 올라설 경지가 있으며 지켜야 할 예의가 있다는 뜻일 것이다. 비오는 날 젖은 옷과 우산을 들고 가뜩이나 좁은, 책 쌓인 서가로 들어가지 말라든가, 책이 워낙 싼 값이니 카드나 큰 단위 지폐가 아닌 잔돈을 가져가라든가 하는.

　《아주 오래된 서점》은 헌책방에서 만난 헌책의 내용이나, 그 책을 (꼭 그 판본이 아니더라도) 처음 읽었던 기억에 대해서, 그리고 헌책방

이 있는 동네에 대해서 말하기를 잊지 않는다. 가쿠타 미쓰요가 쓴 '6월, 그리운 학생가, 와세다로'는 특히 흥미롭다. 청춘의 책이란 무엇인지를 절묘하게 포착하고 있다. 헌책방에 가는 이유 중 하나는, 과거를 마주하기 위해서니까. 20년 전 가쿠타 미쓰요는 교과서에 나오는 소설 말고는 읽은 게 없었다고 한다. 대학에 들어가서 자신의 무지를 인지한 가쿠타 미쓰요는 문화적 발언을 모조리 그만두었다. 그리고 결심하기를, 소설만큼은 남들만큼은 읽자! 소설가가 되고 싶으니까. 당시 선택한 수업에서는 내내 말라르메라는 이름이 나왔는데 누군지 모르는 채 1학년을 마쳤다고 한다. "말라르메라는 이름이 내게 환기하는 것은 가장 심각한 수준의 무지를 견디던 그 무렵의 초조함이다." 스스로의 무식에 질려 등에서 식은땀이 흐르던 시절의 초조함, 모르는 모든 것을 체력과 (인내심인지 자각하지도 못하는) 인내심으로 밀고 나아가던 기억과 마주하는 것이다.

외국어를 잘해서 좋은 점. 한국어 책이 아니어도 읽을 수 있다. 한국인의 큐레이션을 거치지 않은 책을 읽을 수 있다. 문제도 있다. 언어가 통하는 나라 여행시에 짐이 늘어난다. 결국 읽지도 못할 책을 (나의 경우 외국어 책은 한국어 책보다 독서에 시간이 더 걸린다) 지나치게 많이 사버린다.

이북 덕분에, 이북으로도 나온 책은 군이 사지 않으려고 노력하지만, 그러면 거의 모든 책이 해당되는 게 영어권 출판 시장이다.

표지가 내용과 절묘하게 어우러져서(책 내용을 어느 정도 아는 경우에 해당) 갖고 싶은 책, 보이는 곳에 두고 읽기를 잊지 않고 싶은 책, 출간된 지 시간이 꽤 지난 자료용 책(특히 전기나 화집, 다만 화집은 무거우니까 가능한 사지 않으려 노력'은' 한다), 눈에 띄는 신간….

　헌책방과 달리 서점은 '오늘의 관심사'를 한눈에 볼 수 있는 창이
다. 관심사에는 주제, 디자인, 책 배열 모두가 포함된다. 특정한 주제
를 따로 매대를 마련해 빼놓은 경우는 굳이 가서 시간을 들여 구경
하는 편이다.
　순전히 그림이나 사진이 좋아서 사는 책도 있다. 책 샀을 때의 기
분이 책장을 넘길 때마다 떠오르니까. 이것은 음악의 경우와 마찬가
지다.
　책 짐이 많을 때는 책만 모아서 우편으로 따로 보내는 것도 방법
이다.

　예전 대학 선배 중에《어린왕자》책을 언어별로 모으는 사람이 있
었다. 언어가 다른 다양한 나라들을 여행하고 기록하는 재미있는 방
법 중 하나라고 생각한다.

여행지, 특히 휴양지에서 산 옷을 집에 돌아와 일상복으로 입는
일에도 요령이 필요하다. 여행지에서 옷을 살 때, 현지에서 입을 생
각으로 현지 사람들이 입는 것을 따라 사는 일은 충분히 즐겁지만,
돌아와서도 계속 입을 요량으로 비싼 돈을 주면 후회할 가능성이
있다. 한국에서는 옷차림이 보수적일 것을 요구받기 때문에 이런 일
이 일어난다. 다른 말로 하면, 여행은 옷장의 모노톤을 다양한 컬러
로 바꿀 기회일 수 있고, 몸매가 드러나지 않는 안전한 옷을 버릴 기
회일 수 있다.

평소 사는 곳에서 자신의 스타일과 사이즈를 찾기 어렵다면 여행

이야말로 옷장을 채울 때다. 사는 곳에서 사이즈 맞는 옷 찾기에 고생 좀 해본 사람이라면, 여행지에서 '나와 맞는 브랜드' 찾기에 시간을 투자하는 것도 나쁘지 않다. 대체로 브랜드는 크게 변하지 않으니까, 이렇게 한번 골라두면 나중에는 시간낭비 할 것 없이 온라인으로 직구를 하거나, 다음 여행시에 그곳에서 사면 된다. 물론 이게 쉽지는 않다. 내가 좋아하는 옷가게는 전주 시내에 있는데, 결국 전주국제영화제 출장 때만 한 번씩 간다. 전주보다 일본을 자주 가서, 반드시 들르는 브랜드가 몇 곳 있는 식이다.

파리의 여자들은 몸매와 상관없이 몸에 달라붙는 옷을 입는다. 한국에서는 몸매가 좋지 않은 사람이 몸매 드러나는 옷을 입은 걸 보면 "내 눈 버린다"고 말하는 사람들이 있다. 남자들이 주로 그러지만 여자들이라고 예외는 아니다. 무례한 태도는 옷처럼 갈아입을 수가 없다. 당장 고치도록 노력하라. 열심히 노력해야 그나마 나아질 수 있다.

여행지에서 가져와야 하는 것은 그곳 스타일의 옷보다, 다른 사람들의 말을 무시하는 법(여행지에는 내가 모르는 사람뿐이니까)과 타인의 스타일에 간섭하지 않는 태도(아래위로 훑어보면 실례다)일지도 모른다.

공유경제
시대의
여행

유럽여행의 어려움 중 하나는 민박이나 유스호스텔 같은 다인실이 아니고는 바로 호텔 정도로 숙박요금이 껑충 뛴다는 것이 있었다. 그러던 게, 에어비앤비가 생기면서 크게 좋아졌다고 느낀다. 특히 베를린에 있을 때는 더더욱. 물가가 싼 도시라 식비를 따지면 서울보다 덜 드는 곳이 베를린이었는데, 샤워시설이 있는 욕실과 주방이 딸린 원룸이 1박에 7만 원이었다. 걸어서 7분 거리에 지하철이 다니는데다 동네도 깔끔하고 조용했다. 높은 천장으로 아침이면 새우는 소리가 들리고, 공동주택의 안뜰에 있는 나무 사이로 햇살이 들이치는 가운데 샐러드나 파스타를 해 먹으며 열흘을 살았다.

초겨울의 베를린에서 싼 가격에 에어비앤비로 집을 빌릴 수 있다는 건 놀랄 일은 아니다. 하지만 런던이나 파리, 뉴욕, 샌프란시스코에서는 거의 모든 계절에 거의 모든 집이 너무 비쌌다. 여기서 첨언하자면, 베를린 일정 마지막에 들렀던 시내의 특급호텔 숙박비 역시다른 대도시와 비교해 절반 정도로 저렴한 가격이었다. 에어비앤비가 싼 도시라면 좋은 호텔도 싸다. 방은 넓고 깔끔하며 베를린에서마지막 시간을 보내며 다시 돌아보고 싶은 곳 대부분이 걸어서 이동 가능한 거리에 있었다.

식사를 집에서 해결할 예정이라면 에어비앤비 같은 숙박공유사이트 이용은 메리트가 있지만, 호텔에서 해주듯 매일 쓰레기통을 비워주고 수건을 갈아주고 침대시트를 교체해주는 서비스가 없으니, 어느 쪽을 이용할지 잘 궁리할 필요가 있다. 여행지에서도 청소하고빨래하는 일상, 굳이 하고 싶지 않은 사람들도 많을 테니까. 가족여행을 떠났다가 여행지에서도 밥하고 빨래하고 청소하고 잔소리하기 싫은 사람이라면 잘 생각할 일이다.

베를린에서 경험한 숙소들을 돌이켜보면, 첫날 묵었던 5만 원 정도의 저렴한 호텔은 밤늦게 도착한 나 같은 여행객을 맞아주는 프런트조차 없었다. 이메일로 숙소 들어가는 비밀번호를 받긴 했는데설마 프런트라고 부를 만한 게 아예 없을 줄이야. 캄캄한 밤 인적 드문 낯선 도시에서, 대체 어느 문을 어떻게 열어야 하는지 파악하는데 식은땀을 흘리며 30분을 보내야 했다. 알고 보니 주택가 건물 두동을, 길 하나를 사이에 두고 호텔로 이용하고 있었는데, 내가 머물

객실의 가장 바깥쪽 문은 따로 여는 법 없이 그냥 '세게' 밀면 되는 것이었고, 그 안의 문이 비밀번호로 열리는 식이었다. 5만 원, 7만 원, 15만 원의 차이.

우버를 쓸 수 있다는 것은 낯선 도시에서 상상을 뛰어넘는 편리함을 제공한다. '말'을 할 필요 없이 알아서 데려다주니까. 우버는 그런데 택시보다 좀 더 편리하다. 내가 차를 잡고자 하는 장소 주변에 어떤 차들(차종과 운전사, 이전 이용자들의 후기 등을 다 볼 수 있다)이 운행 중인지 보고 고르는 일도 가능하다. 다만, 이용시간에 따라 할 증이 있을 수 있으니 사용 전에 미리 확인해보는 게 좋다.

서울시에서는 자전거 대여 서비스 '따릉이'를 운영 중이다. 자전거 놓을 공간도 없는 사람들에게, 저렴한 가격에 자전거를 빌려 타고 편리하게 주차까지 가능한 서비스라 인기가 높다.

자덕(자전거 덕후) Y는 파리와 런던에서도 따릉이 같은 자전거 대여 서비스를 이용해 여행을 했다. 파리의 경우 자전거 상태를 잘 보고 빌리는 게 좋다고 하는데(런던은 평균적으로 자전거 상태가 더 좋았다고), 그 자전거를 타고 국경을 넘는 사람들도 있기 때문이라는 말을 들었다고 한다. 영어만 할 수 있으면 프랑스에서도 아무 문제없이 자전거를 빌릴 수 있다. 파리에서 이용 가능한 자전거 렌탈 서비스 이름은 벨리브velib. 벨리브 어플리케이션을 스마트폰에 설치하면 자전거 대여소 위치를 모두 알려주고, 그 어플리케이션을 켜고 달리면 구글맵처럼 네비게이션 기능도 어느 정도 지원이 된다.

선택지가 많아진다는 것은 내가 원하는 것을 분명히 알고 있을수록 제대로 이용 가능하다는 뜻이 된다. 예산을 가능한 적게 소모하는 게 우선인지, 동선을 짧게 하고 싶은지, 서비스를 따질지, 미술관 투어를 중심으로 할지, 공원 산책을 아침마다 하고 싶은지, 공연을 볼 예정인지. 물론 그냥 아무렇게나 떠나도 괜찮다. 하지만 아무렇게나 다니고 싶다는 정도는 확실히 알아야 여행지에서 괜한 공허감을 느끼며 후회하지 않는 법이다.

낯선 동행

–

어떤 책을
가져갈 것인가

책을 아껴둔다, 는 감각이 있다. 재미있어 보이는 책을 일부러 읽지 않고 아껴둔다. 여행가서 읽기 위해서. 좋아하는 작가의 신간이거나, 재미있을 것 같아 보이고 내가 믿을 만한 사람들로부터의 추천이 있는 책이다. 코니 윌리스의《개는 말할 것도 없고》, 교고쿠 나츠히코의《우부메의 여름》, 조너선 사프란 포어의《엄청나게 시끄럽고 믿을 수 없게 가까운》, 다카기 아키미쓰의《문신 살인사건》을 그렇게 굳이 뜸 들여 읽었다. 성공하기도 하고 실패하기도 한다. 나는 일주일 휴가에 최소한 다섯 권의 책을 가지고 가고, 예외적인 경우가 아니라면 전부 읽고 오는 편이다. 전부 읽었다고 해서 재미있다는 뜻은 아니다. 가져간 책을 안 읽으면 다시 돌아올 때 짐가방에 넣어야 하니까 억지로 읽기도 한다. 여행지에서 새로 사는 책이 많아서, 가능하면 다 읽은 책은 버리고 온다.

절대 일과 관련된 책은 가져가지 않도록 노력한다. 마음이라도 편하려고 멀리까지 갔다가 책도 안 펴고 기분은 상하고 마음은 무거워진다.

하드커버는 피한다. 무게 때문이다. 700쪽 이상 되는 한국어 책이면 내려놓는다. 영어나 일본어를 비롯한 작고 가벼운 페이퍼백 책이라면 700쪽도 괜찮긴 하다. 종이 질도 잘 살핀다. 여행 짐 싸는 요령이 그렇듯, 여행지에서 읽을 책 역시 무게의 철학에 따라야 한다. 몸이 움직이는 데 짐이 될 정도의 무게를 더하게 되는 거라면, 애초에 짐가방에 싸지 않는다. 짊어지거나 끌고 다닐 수 있는 이상은 가지고 갈 수 없다.

지나치게 어렵지 않으면서 너무 금방 읽어버리지 않을 책이어야 한다. 일정 중 몇 번이고 되풀이해 읽어야 할 경우(다른 책을 구하지 못하는 상황에 현지 날씨 사정 등으로 외부활동이 위축될 경우)를 대비해 재독이 가능한 책이 좋다.

이런 모든 조건을 충족시키는 시집을 가지고 가는 경우, 당신의 선구안이 뛰어나다면, 시 읽기가 여행에의 몰입을 방해할 가능성이 무척 높다. 여행은 시 쓰기에는 좋을지 모르겠는데 시 읽기에는 도움이 되지 않았다. 이것은 리듬의 문제인 것 같다. 시를 제대로 읽을 거라면 다른 도시에 가지 않는 편이 낫다. 다른 말로 하면, 시는 많은 경우, 여행의 대체물이 될 수 있다. 떠나지 못할 때 읽어라.

이른바 '책장이 술술 넘어가는', 즉 page-turner라고 불리는 책은 긴 이동시간에 대처해야 할 때 특히 효험이 있다. 대기 시간이 길 때도 좋다. 하지만 이렇게 잘 읽히는 책은 짧게 읽고 덮기를 반복해야 할 때는 좋은 선택이 아니다. 당신이 책을 더 읽기를 선호하게 될 수도 있으니까.

당신이 원래 책을 읽지 않는 사람이라면 여행을 간다고 해서 굳이 책을 챙겨가야겠다는 생각을 할 필요는 없다. 물론 책을 읽지 않는 사람이라면 이 말조차 읽을 수 없겠지만.

그때 나는 런던행 비행기를 기다리고 있었다. 한밤중의 싱가포르 창이공항은 환승을 기다리는 사람이 늘면서 낮보다 활기를 띠었다. 비행기를 타려면 일곱 시간을 더 기다려야 하는데 아이팟은 알 수 없는 이유로 고장 나 나를 열받게 했고, 고가의 선글라스를 공항 어디에서 분실했다는 사실은 나를 딱 울고 싶은 상태로 몰아넣었다.

여행에 관한 의욕을 지하 3천 미터 천연 암반수 근처에 처박은 채 《개는 말할 것도 없고》를 꺼내들었다. 모험과 수수께끼와 스릴과 로맨스가 있는 시간여행 소설. 그로부터 일곱 시간 동안 나는 너무 자주 소리 내어 크게 웃었다. 사랑은 어쩌면, (주인공들이 무리한 시간여행의 후유증으로 겪는) 시차증후군 같은 걸지도 모른다. "넌 빠져 죽으면 안 돼! 들려? 널 구하려고 온 우주를 위험에 처하게 만들었는데 죽을 수 있겠어?" 내가 우울했던 진짜 이유가 아이팟도, 선글라스도 아니라는 사실을 그제야 깨달았다.

**무규칙의
즐거움**

다르다는
말의
뜻

L의 여행 사진을 보다가 어쩔 도리 없이 웃은 적이 있다. 우리의 시선은 얼마나 서로 다른가 말이다. 도쿄를 너무 잘 아니까 나는 도쿄에서는 더없이 진부한 여행자가 되곤 한다. 사진을 찍을 게 없을 정도로 같은 곳을 뱅뱅 돌곤 한다(문자 그대로 서울 홍대 앞에서 하던 짓을 반복한다). 가끔 다른 곳을 가지만 카메라를 꺼내들기 쑥스러워할 정도로, 어느 정도는 그곳에서 생활인의 자세로 살고 있다. 음, 확실히 나는 모험하는 유형은 아니다. L의 여행 일정을 보고 정말이지 절감했다.

내가 짜는 여행 계획과 남이 짜는 여행 계획은 다르다. 서로가 원하는 것의 간극을 좁히는 일이 일행이 있는 여행의 묘미다. 집에서 탈출하기 위해 여행을 선택하곤 했던 때의 나는 혼자 있는 여행을 특히 선호했지만, 이제는 일행이 있을 때의 즐거움을 잘 알고 있으며 기회가 오면 놓지 않으려고 한다.

그런가 하면, 내가 다녀온 곳을 다른 사람이 다녀왔는데, 찍어온 사진이 다를 때의 즐거움도 쏠쏠하다. 같은 곳을 간다고 같은 것을 보는 것은 아니다. 그런 게 묻어나는 사진이 좋다. 심지어 같이 여행을 다녀온 사람이 다른 사진을 찍어온 것을 보고 "이런 거 언제 봤어!" 할 때도 있다.

대학교에 다니던 때, 새벽에 일본어 학원을 갈 때면 아버지가 차를 태워줬었다. 그러면 아버지가 만든 믹스테이프를 들으면서 갔는데, 가끔 너무 좋은 곡이 있어서 무슨 곡이냐고 물어보면 아버지가 내 CD에서 가져다 녹음한 거라며 뫄뫄의 뫄뫄라는 곡이라고 말해주곤 했다. 같은 음반을 가지고 믹스테이프를 만드는데 서로 다른 곡을 셀렉트했던 것이다. 같은 책을 읽어도 밑줄을 긋는 곳이 다르고, 같은 영화를 봐도 기억에 남는 장면이 다르다.

나는 일본어를 제법 하는 편이고, 일본어를 못하는 동행과 여행한 경험 역시 제법 많다. 그날도 일본어를 못하는 친구와 후쿠오카에서, 하카타역-나카스카와바타-텐진 루트의 시내버스를 타고 있었다. 창밖을 한참 보던 친구가 갑자기 물었다. "여기는 유흥가인가?" 마침 버스는 나카스카와바타를 지나고 있었고, 하카타역 인근과 비교한다면 나카스카와바타는 번화가보다는 유흥가에 걸맞는 동네인 건 사실이다. 가끔 밤에 골목 잘못 들면 놀라서 서둘러 나오게 되는. 그 사실을 대체 대낮에 어떻게 알았는지 궁금해서 물었더니 대답이 명쾌했다. "갑자기 간판 글씨가 커졌어."

나는 얼마든지 다른 장소에 갈 수는 있지만 다른 사람이 되어볼 수는 없다. 아마도 누군가와 함께 여행을 할 때 발견이 가능하다면, 그가 나와 다른 눈을 가지고 있어서이리라.

타인의

여행을

비웃지

마라

"패키지 여행이 좋아, 자유 여행이 좋아?"

대체로 나한테 이렇게 묻는 사람은, 자유 여행이 좋다는 말을 듣고 싶어 한다. 내가 자유 여행을 다니는 사람이니까.

언젠가부터 저런 질문에 답하기 어려워졌다. 사람마다 사정이 다르다. 나는 자유 여행파지만 운전을 하지 못하기 때문에 여행지에서 패키지 상품을 구매하는 경우가 꽤 있다.

이른바 '한국식 패키지', 깃발을 따라 배지나 모자를 함께 맞춰 착용한 사람들과 관광지 요점공략에 나서는 방식은 어떤가. 시간이 부족하고, 현지식에 적응이 어렵고, 오래 걷기 힘든 분이 일행에 포함되어 있다면 '한국식 패키지'라고 나쁠 것도 없다고 생각한다.

"여행경비는 얼마나 필요할까?"

역시 답이 어렵다. 현지에서 어떤 숙소에 머물지, 어떤 교통편을 이용할지(버스와 지하철, 렌터카, 야간버스, 기차—이마저도 탑승시간에 따라 요금이 다르다 등), 쇼핑은 얼마나 할 예정이며 식사는 어떻게 할지에 따라 액수는 천양지차다. "일반적으로" 얼마쯤 드느냐고 재차 묻는 경우도 있는데, 평상시 휴일에 하루 종일 놀 때 쓰는 돈에 맞추라고 조언하는 편이다. 하지만 여행지에서는 기분이 들뜨기 마련이고, 대체로 일과와 비교하면 더 많은 돈을 쓰게 된다. 대체 일반적인 인간은 어디 있고 일반적인 예산은 어디 있단 말인가. 우리 다들 가진 돈에 맞춰 쓰게 되지 않나요?

"여행 일정 괜찮은지 한번 봐줘."

네. 이것 역시 뭐라 말씀드려야 할지…. 일정 짜는 법은 "너의 체력을 알라" 이 한마디로 끝난다고 생각한다. 돈이 아까우니까 또 언제 올지 모르니까 싶은 마음에 무리해서 돌아다닐 이유가 없다고 생각하는 내가 있고, 그야말로 '뽕을 뽑는' 각오로 새벽부터 밤까지 돌아다니는 경우도 보게 된다.

그런데 일상의 영역에서 벗어난 여행이라는 것에조차 우리는 판단을 멈추지 않는다.

SNS에서 어느 여행기가 화제가 된 적이 있다. 읽고 있기 피곤할 정도로 돈을 아끼는 여행기였다. 청결하지 못한 숙소는 물론이고, 식사도 굳이 패스트푸드점(한국에도 수많은 점포가 있는)에서 한다. 그냥 여행지에 가서 사진 찍을 수 있으면 그것으로 모든 게 끝난다는 식이었다.

나도 처음에는 별 사람 다 있다고 생각하며 웃었지만, 다시 생각해보면, 그의 여행방식을 비난할 수 있는 사람은 그의 동행인 정도다. 게다가 문제가 된 숙소는 엄연히 돈을 받고 영업하는 곳이었고, 그들이 그곳에 머물렀던 유일한 사람은 아니다. 깜짝 놀랄 정도로 허름하거나 청결하지 못한 숙소를 보고 웃는 나는, 뭐에 웃는 것인가.

나도 바닥에 먹다 버린 사과가 며칠이 지나도 그대로인 숙소에서, 난방이고 냉방이고 되지 않고, 이불에서 냄새는 기본인 숙소에서 머문 적이 있다. 지하에 있는 여자 샤워실에는 잠금장치가 없었고, 샤워부스는 커튼으로만 가리게 되어 있었다. 바로 옆은 남자 샤워실이었다. 남녀를 누가 잘못 알고 들어올까 봐 무서웠는데, 나만이 아니라 전 세계에서 온 다른 여자들도 마찬가지였던 모양이다. 남자들이 큰 소리로 떠들며 옆 샤워실로 들어가는 소리가 들릴 때마다, 샤워 순서를 기다리고 서 있다가 무서워서 서로 난처한 얼굴로 마주보곤 했다. 숙박비를 아끼려고 도시간 이동을 전부 야간 버스로 하다가 어느 날인가는 오전 내내 걷지도 못하고 잔디밭에 누워 있기만 한 적도 있었다. 하루 식비 5천 원으로 여행하느라 편도가 된통 부었는데, 그땐 그게 최선이었고 후회는 없다.

지나칠 정도로 돈을 아껴서 현지 음식을 먹지 않고 아무 경험도 하지 않는 경우도 비난받지만 그 반대의 경우도 비난받는다. 내가 대학 다닐 때 여름방학 동안 유럽 배낭여행 다녀오는 게 유행이었다. 다들 아르바이트비를 모아서 방학 때 유럽에 가려고 노력했다. 얼마나 잘 아꼈는지, 기차에서 졸졸 흐르는 물에 허리까지 오는 머리를 감는 게 얼마나 어려웠는지, 바게트만으로 몇 끼를 버텼는지 등의 무용담이 이어졌다.

그런데 루트를 대신 짜주고 호스텔이 아닌 호텔을 사전 예약해주는 배낭여행 패키지(깃발은 없고 숙소만 잡아주는)를 다녀온 친구들도 있었다. 혼자 절약하며 배낭여행을 마친 친구들은 그들을 비난했다. 어린 나이에 패키지가 웬 말이냐, 그럴 돈 있으면 나는 콰콰를 하겠다. 그런 말은 지금도 듣는다. 비행기에서 비즈니스석을 타느니 콰콰를 하겠다. 하룻밤에 50만 원짜리 호텔에서 자느니 콰콰를 하겠다. 한 끼에 20만 원짜리 식사를 하느니 콰콰를 하겠다….

글쎄. 비용을 댈 수 있고 그런 방식이 편하면 그렇게 하면 된다.

여행가서 잠을 자면 아깝다. 여행지에서야말로 숙면을 취해야 한다. 여행가서 사진만 찍는 건 한심하다. 여행에선 사진만 남는다. 다들 할 말이 정말 많다. 나는 대체로 아무 주장이나 그 주장을 하는 사람 말에 고개를 끄덕인다. 그건 그 사람 생각이다. 그럼 너는 그렇게 여행하렴. 왼쪽 귀로 들어온 것이 오른쪽 귀로 나간다. 나는 내 여행을 하면 되는걸.

그냥 내 식대로 여행하면 된다. 어차피 그것도 나이 들면서 바뀌고 돈 벌면서 바뀐다. 남이 내가 이해 못 할 방식으로 여행하면 그냥 이렇게 말하면 된다.

아, 그렇구나.

할지

말지는

해봐야

안다

《여행하지 않을 자유》라는 책을 읽다가 그만 좀 웃고 말았다. 이 책은 제목처럼 '여행하지 않을 자유'에 대한 글인데, 막상 읽어보면 저자인 피코 아이어가 얼마나 여행을 많이 했는지를 쓰고 있다. 일 단 저자 소개 첫 문장이 이렇다. "영국에서 태어나, 캘리포니아와 일 본을 오가며 활동하는 에세이스트." 내가 웃은 것과 별개로, 이 책이 전하고자 하는 메시지는 귀 기울일 만한 것인데, 이런 것이다. "별로 깊게 생각하지 않는 평소 습관에서 벗어나고자 멀리 여행을 떠날 필요는 없다는 것." "여행을 다녀올 때마다 그 경험이 의미를 획득하 고 내 자아에 깊이 뿌리를 내리는 과정은 여행을 마치고 집으로 돌 아온 후에 일어난다. 집에 가만히 앉아, 내가 본 것들을 오래 지속되는 통찰력에 차곡차곡 담을 때 비로소 그 경험은 내 것이 된다." 전적으로 동의한다. 나는 이 책의 메시지에 동의하지 않아서 웃은 게 아니다. 웃은 이유는, 뭘 하지 않을 자유를 말하는 책의 저자는 대체로 그것을 많이 해본 사람이더라는 생각에서다. 옷장의 미니멀리즘을 설파하는 지비키 이쿠코의《옷을 사려면 우선 버려라》역시 읽다 보면 옷을 버리라는 저자가 누구보다 좋은 물건을 아주아주 많이 사고 써본 사람이라는 사실을 알게 된다.

미니멀리즘을 주장하는 책들은 많이 쌓는 삶을 살아본 뒤에 쌓지 말자고 한다. 소식을 주장하는 책은 우리가 너무 많이 먹는 게 문제라는 데서 시작한다. 과잉이야말로 금욕의 가장 소중한 식재료다. 해본 사람은 하지 않아도 된다고 말할 수 있다. 다만 문제가 있다면, 해본 적 없는 사람들이 이 메시지부터 받아들이는 것에 있지 않을까.

똥을 굳이 먹어봐야 아나. 타인의 경험으로부터 배울 줄 아는 것이 문명화된 인간 아니겠는가. 물론 그렇다. 하지만 경험이라는 것은 '간접'이라는 말이 붙는 순간 '0'에 무한히 수렴하는 경향이 있다. 직접 경험이 깨달음으로 이어지지는 않지만, 간접 경험은 그냥 경험을 안 해봤다는 말이다. 사랑을 글로 배울 수 없고, 여행도 글로 배울 수 없다. 한 것과 한 것 같은 것은 다르다. 똥인지 된장인지 먹어 봐야 안다.

일본에서의 미니멀리즘이 3.11 동일본대지진으로부터 촉발된 움직임이라면, 한국에서의 미니멀리즘은 저소득을 긍정하고 받아들이게 만드는 쪽에 가까워 보인다. 사고 싶은 만큼 사보니 안 사도 되겠다는 깨달음을 얻는 것과, 원하는 만큼 사본 적 없지만 그래 봐야 부질없다고 배운 뒤 일단 아끼고 보는 것은 다를 수밖에 없다. '여행하지 않을 자유'도 마찬가지라고 생각한다. 여행을 가보니 생각의 깊이란 내 집 침실에서도 얻을 수 있더라 하는 깨달음을 얻는 것과, 애초에 여행 가도 별것 없으니 안 가도 괜찮다고 스스로를 설득하는 것은 다르다. 사랑할 자유를 누린 뒤에 사랑하지 않을 자유를 만끽할 수 있고, 일하고 싶은 자유를 충족시킨 뒤에야 일하지 않을 자유가 우리를 자유롭게 한다. '할 자유'가 충분히 보장되지 않는 사회에서 '하지 않을 자유'를 가르치는 것은 어불성설이다.

"해보니 별것 없더라"와 "해도 별것 없대"는 다르다. 여건이 된다면, 결론을 내기 위해 직접 경험할 수 있다면, 하기를 권한다. 여행을 다녀오지 않고도 여행을 다녀온 기분을 느낄 수 있는 '내 안으로 여행하기'를 잘 하려면, 여행을 다녀온 기분이 뭔지부터 알아야 할 것 아닌가. 하다못해 여행을 싫어한다는 사실도, 여행을 해봐야 알 수 있다. 인내와 금기는 엉뚱한 판타지만 키우더라.

목적이
없어서

왜 그렇게까지 여행을 다니냐고 묻는 사람이 많아서 이제는 여행 간다는 말을 가능한 한 주변에 하지 않게 됐다. "뭐 하러 또?"라고 물으면 답할 말이 궁색하기도 하고. 사실 뭘 하러 가는 게 아니다. 목적 없이 있으려고 간다.

집에서 휴가를 보낸 적도 있기는 하다. 정말 좋았다. 하지만 집에서 쉬면 '다시 일하고 싶을 정도로 충전된 기분'이라는 게 잘 안 생기는데(그렇다, 자본주의 사회에서 여행이란, 휴가란, 다시 일터에서 맹활약하게 만드는 기름칠 같은 것이다), 날마다 목적을 찾아 살아가는 하이에나 같은 패턴이 없어지기까지는 여름휴가 정도 시간으로는 부족하기 때문이다.

대체로 '일상'이라고 부르는 것은 이런 식이다.

배가 고프지 않아도 일을 하기 위해 식사를 한다.

졸리지 않아도 출근을 하기 위해 자려고 노력한다.

읽기 싫은 책도 일하기 위해 읽는다. (내가 아무리 책 읽기를 좋아한
대도 모든 책을 다 좋아하지는 않는다.)

궁금하지 않은 영화도 일하기 위해 본다.

그저 인간관계의 매끄러움을 위해 카톡 대화를 길게 이어간다.

'그냥'이라는 이유로 행동을 할 수가 없다. 그냥 밤을 새워보거나
그냥 식사를 걸러보거나 했다가는 나중에 고통에 몸부림치게 된다.
(사실 20대에는 괜찮았는데, 30대 중반이 지나면서는 급격히 방전이 되어
서 재충전까지 오랜 시간이 걸리더라.)

그럼 여행이 일상에서 벗어난다는 것은 무슨 의미일까.

배가 고프지 않으면 먹지 않는다.

졸리지 않으면 자지 않는다.

음악을 배경으로 쓰지 않는다. (일 능률이 안 올라서 '노동요'를 틀고
울며 일해본 적이 있는 사람이라면 이게 무슨 말인지 알리라 믿는다.)

뜻을 모르겠는 여행지의 소음 속에 그냥 서 있는다.

팔과 다리의 움직임을 생각하며 바람을 느끼며 걷는다.

시계를 보지 않고 맛을 느끼며 먹는다.

지하철에서 뛰지 않는다.

깊게 숨을 들이마시고 내쉰다.

바뀌는 신호등을 보내고, 출발하는 버스를 그냥 보낸다.

시간을 그냥 보낸다.

고작 이런 걸 하기 위해 날 찾는 사람이 없는 곳에 가서 지낸다. 바다를 보고 있거나 정원을 보고 있거나 그냥 잠만 자거나. '다음에 해야 할 일'이 없이 살아본다. '혼자' 여행하기를 포기하지 않는 이유는 이 시간이 내게 소중해서다. 시간을 그냥 보내기 위해서.

예쁜
쓰레기
스페셜리스트

    여행을 자주 다니면서, 쇼핑 품목에 변화가 생겼다. 더 이상 챙겨 가지 않는 물건이 있는가 하면 더 이상 사오지 않는 물건도 생긴다. 짐 싸기 자체가 많이 변한다. 언젠가는 아무것도 들고 가지 않는 날도 올 것이다. 처음 떠날 때는 손톱깎이를 가져갔었다. '혹시 모른다'는 생각이 인간을 얼마나 무모하게 만드는지.

    인생을 짐 싸기에 비유하는 말을 꽤 듣곤 한다. 등에 짊어지고 다닐 수 있을 만큼이 우리가 감당할 수 있는 전부라고. 심플하게 사는 법을 익혀야 한다고. 그 말은 틀리지 않을 것이다. 하지만 나는 생각한다. 등에 짊어지는 것보다 더 많은 짐을 네 바퀴 달린 슈트케이스로 가지고 다닐 수 있다. 내가 차로 이동할 수 없는 아마존 밀림 탐험을 할 게 아니라면 슈트케이스를 들고 이동할 수 있다. 심플하게 살 줄도 알아야 한다는 것과, 그것이 옳다는 건 다른 의미다. 종종 출발할 때 돌아올 때 짐을 싸다 보면 그런 생각을 한다. 짐은 적을수록 좋은가? 그럴 수도 있고 아닐 수도 있다. 길 상태가 좋지 않고, 손에 짐을 직접 들고 다녀야 한다면 당연히 짐은 적게. 차를 가지고 다닌다면 얼마든지 짐이 많아도 뜻밖에 고생하지 않을지도 모른다.

쇼핑의 달인 L선배와 치앙마이 여행을 갔던 때의 일이다. L선배는 쇼핑의 달인이자 '예쁜 쓰레기'의 수호자인데, 언뜻 보면 아무거나 모으는 것 같은데 근사한 컬렉션을 갖출 줄 안다. 별것 아닌 것 같은 물건들이 사실 뻘밭의 진주였음을, L선배와 있을 때만큼 실감할 때는 없다.

예를 들어 물을 마신다. 그런데 물이 유리병에 들어 있다. 유리병에는 타이어로 어쩌고 저쩌고 쓰여 있다. 물을 다 마신 뒤, 그 병을 한참 보다가, 물로 병을 헹군 뒤 말려 슈트케이스에 넣는다. 참고로, 그 당시, L선배의 슈트케이스는 여행 중에 산 옷, 반지, 전지로 켜지는 작은 초 장식 등으로 이미 포화상태였다. 하지만 밀고 밀면 못 넣을 물건이 없나니. 솔직히 나는 옆에서 왜 굳이 다 마신 유리병을 넣나 의아했는데, 나중에 L선배의 집에서 그 병을 보고 납득해버리고 말았다. 어찌나 예쁘던지.

그건 어디까지나 작고 예쁜 물건을 잔뜩 가지고 있으며, 수시로 물건들을 이리저리 옮기며 최적의 위치를 찾아주는 마스터에게나

가능한 일이다. 나는 어떻게 노력해도 각각의 물건이 예쁘되 결국 잡동사니에 그치는 물건들만 쌓게 된다. 같은 물건을 들여와도 그 물건이 집에서 어떻게 쓰일지, 놓일지는 결국 역량 차이에 의해 결정된다는 말이다. 누구의 집은 빈티지샵처럼 아기자기하며 특색 있는 분위기가 되는가 하면, 누구의 집은….

소품을 살 때는 그 물건을 파는 상점의 인테리어가 집에 갖춰져 있지 않다는 사실을 염두에 두고 있어야 한다. 귀여운 물건도 귀여운 물건과 함께 있어야 힘을 발휘하지, 그렇지 않으면 먼지 유발자로 전락한다. 마음 같아서야 마법의 소품이 있어서 물건 하나로 여행지에서의 추억이 방 안을 가득 채우면 좋겠지만 말이다.

여행지에서 열심히 모은 입장권이나 영수증, 브로슈어 역시 예쁜 쓰레기로 전락할 위험 품목 1호다. 처음에는 "집에 가서 스크랩해야지"라고 생각했던 것, 잘 알고 있다. 하지만 그게 정리되지 않은 채 다음 여행을 가고, 또 한무더기 쌓이고, 또…. 심지어 많이 쌓일수록 정리하면 굉장한 게 될 것 같아지므로 더욱 버릴 수 없어진다. 버리든 말든 그것은 당신 마음이다. 하지만 생각처럼 '어느 날 문득' 정리를 하는 순간은 좀처럼 오지 않는다. 직장생활 하면서 명함 정리를 하는 궁극의 타이밍은 퇴사 시점이더라고.

L선배와는 서로 다른 회사에 근무하던 때 출장을 같이 가면서 가까워졌다. 한국영화 촬영현장 취재를 간 일이 처음이었고, 칸국제영화제 출장도 (서로 다른 매체 소속이었지만) 함께 간 적이 있었다.

문제의 한국영화 촬영현장 취재는 역사에 남을 만한 이상한 취재였는데, 일정은 이랬다. 서울에서 부산으로 KTX를 타고 간다. 그리고 부두로 가서 열아홉 시간 배를 타고 오사카로 간다. 영화촬영은 그 배에서 이루어진다고 했다. 그리고 입국심사를 한 뒤 오사카에 두 시간 머무르고 다시 그 배를 타고 부산으로 돌아와 KTX를 타고 서울로 오는 일정이었다. 공식적으로 2박3일 일정이었는데, 육지를 밟는 시간이 세 시간이 채 되지 않았다. 그 배에는 스무 명쯤 들어가는 다인실은 꽤 있으나 대규모 취재단(KTX 한 량을 다 채운 정도였다)이 머물 2인실이 부족했다. 관계자는 방이 부족해지자 침으로 추정되는 체액 얼룩이 빈틈없이 차 있는 라꾸라꾸 침대를 트윈베드 방에 넣어주었다. 그 침대에 재울 사람을 결정하는 대신 두 명만 방을 쓰게 되어, 결국 나와 L선배만 그 방에 머물게 되었는데, 둘 다 탈 것이라면 제법 좋아한다고 생각했지만 배에서의 열아홉 시간은 상상을 초월하게 지루했다.

　식판이 미끄러지지 않게 비닐장판 같은 것을 깔아놓은 테이블이 줄지어 있는 식당에서 저녁을 마치자, 몰락한 러시아 귀족 같은 파리한 얼굴에 깡마른 러시아 미남자가 나와서 의욕 없는 마술쇼를 진행했다. 심지어 영화 촬영이 이루어지는 동안 취재진에게 공개가 되지 않는다는 통보가 왔다. 그러면 대체 이 출장을 뭐 하러 왔단 말인가? 항의를 해도 소용은 없고, 여하튼 배 어디선가 영화는 찍고 있고, 흔들리는 배 때문에 속은 울렁거리고. 그래도 시간은 흘러 아침이 되었다. 마침내 오사카항에 도착하자 입국심사를 받게 되었는데, 어제 영화를 찍은 배우들이 우리 앞에서 입국심사를 받고 있었다. 배우들이 매니저든 누구든 일행으로 보이는 이들에게 투덜거리는 소리가 들렸다. "다시 한 번 나한테 배에서 영화 찍는 거 하자고 해 봐." 나도 같은 심정이었다. 그리고 세 시간 남짓 오사카 항에서 시간이 주어졌는데, 식사와 쇼핑을 하면 된다고 했다. 시내로 나가기엔 턱없이 부족한 시간인 데다 마침 거기에 거대한 쇼핑몰이 있었다. L선배와 식사를 하고 쇼핑을 했다.

돌아오는 배는 갈 때와 비교할 수 없을 정도로 흔들렸다. 잠은 고사하고 누워 있기도 힘들어져 승무원을 찾아갔다. "저기, 지금이라도 뱃멀미 약을 얻을 수 있을까요? 키미테 같은 거라든가." 승무원은 뱃멀미가 심하냐고 물었다. "네, 어지럽고 토할 것 같아요. 잠도 못 자겠어요." 그러자 저기 맥주 자판기가 있으니까 맥주를 사서 마시라는 거다. 맥주가 뱃멀미에 효과가 있냐고 되묻자, 그의 말. "뱃멀미에는 약이 없어요. 그냥 술 드시고 주무세요. 저희도 그렇게 하거든요."

가끔은, 여행을 간다는 자체가 예쁜 쓰레기처럼 느껴지기도 한다. 저축의 중요성을 내게 설파하는 사람들에게는 정말 그럴 것이다. 하지만 여행을 좋아하는 내게도 그렇다는 말이다. 의미 있고 즐겁고, 그 순간에는 무한히 행복하지만, 결국 다시 꺼내보지 않을 사진을 잔뜩 찍고, 카드명세서를 길게 만들어 억겁의 후회를 하게 만들고, 그냥 누워서 잠이나 잤으면 피로라도 풀렸을 텐데 피로를 더 쌓고 끝나는 그런.

나에게나 의미 있는 일.

그래, 그걸 인생이라고 부르더라고. 보통의 인생.

나에게나 의미 있는 일.

여행을 가서 연애를 하고 결혼도 하는 사람들도 있기는 하다. 나는 경험이 없어서 이 문제에 대해서 말하기는 어렵지만, 경험이라는 게 대체로 그렇듯 약간 후진 경험 정도면 대체로 오랜 시간이 지나서 추억으로 남기도 한다. (나쁜 경험은 그냥 나쁜 경험이다. 추억으로 미화가 불가능한.)

J는 유학 중에 쿠바 여행을 두 번 다녀왔는데, 첫 여행에 대해서 종종 말하곤 한다. 여행지에서 대체로 그렇듯, J도 낭만적인 공상을 좀 한 모양이었다. 낯선 사람과의 모히또 한 잔 같은 것. 그렇게 말을 걸어온 사람이 있었고, 그럭저럭 나쁘지 않다 싶었고, 사람과 사

람 사이의 호감이라는 게 흔히 그렇듯 시간이 흐르면 조금씩 쌓이는 법이라, 여행자의 호기로 일단 키스를 했는데, 키스가 너무 별로였다고 한다.

키스가 별로라는 말은 차마 못 하고, 아쉬워하는 얼굴을 두고 돌아서서 숙소까지 걸어가는데, 여행 중에 낭만적인 해프닝을 기대한 자기 자신이 우습더란다. 그리고는, 언제 다시 연애를 할지 모르는 자신의 삶에 대해(유학을 떠나기 전에 실연한 터라 비관은 당연했을 것이다) 한탄하고 여행을 마쳤는데, 돌아가자마자 사랑에 빠져 결혼해 지금은 딸과 셋이 살고 있다.

여행지에서의 로맨스로 가장 많이 떠올리는 건 기차나 버스에서, 옆자리에 앉은 사람과 사랑에 빠지는 상상이다. 영화 〈프렌치 키스〉나 〈비포 선라이즈〉 같은 상황이랄까. 티격태격이든 첫눈에 반하든 뭐든. 열두 시간을 타는 비행기에서 알 수 없는 손(옆인지 뒤인지)이 가슴을 만져 잠에서 깨본 뒤로는 그냥 아무나 무해한 인간(일단 여자)이 탑승하기를 바라는 정도가 되었지만.

90년대 중반만 해도, 동양 여자가 유럽에 가면 현지 남성들의 구애를 받는 일이 흔했다. 신기하고 재미있는, 그리고 그들의 능숙한 플러팅flirting 솜씨를 경험하면 즐거운 경험인 경우가 적지 않았지만, "그러니까 여자는 좋겠네" 같은 말을 들으면 어처구니없다는 생각이 들곤 한다. 성적인 대상으로 보이는 일은 많은 경우 위험을 동반

한다. 로맨스를 기대하는 마음은 여행을 떠나는 여러 이유 중 하나
가 될 수는 있지만, 그렇다고 무례함까지 참아야 한다는 뜻은 아니
리라. 아닌 건 아닌 것이다.

요즘 애들의

여행

"요즘 애들은, 애인이랑 여행 간다고 막 말하더라?"

언젠가 같이 일하는 동료가 긴 탄식을 내뱉었다. 나는 어정쩡하게 고개를 끄덕이다가, 집에 갈 때쯤 되어서야 그 말의 포인트를 알아차렸다. 결혼도 안 한 사이에 '자고 오는' 여행을 같이 간다고 회사 사람들에게 말한다는 게 한탄의 포인트였다. 아니, 그게, 왜?

한번은, 크리스마스 연휴에 특급호텔 세 곳에 예약을 걸어두었다는 아무개의 이야기에 또 비슷한 반응을 보인 사람이 있었다. 호텔 간다는 말을 막 해?

'어른들' 보기에 괜찮아 보이는 여행은, 가지 않는 여행이다. 아예 가지 않던가, 아는 어르신네로 가든가(친척이 어딘가의 나라에서 이민 자로 살고 있다면 애용되는 카드), 아니면 동성인 일행과 가는 것 정도. 그렇게 엄격하게 적용하기 시작하면 '아이들'은 거짓말을 한다. 나는 성장 과정에서 친구네 집에서 자고 오든가 여행을 하는 일에 대해 잔소리를 들은 일이 거의 없다. '그래서'라고 생각하는데, 나는 굳이 거짓말을 하고 어딜 다녀온 일이 없다. 사실대로 말해도 집에서 별말을 하지 않기 때문이다. 하지만 나는 '엄격한' 부모를 둔 수많은 친구를 위해 거짓 여행 동반자를 해야 했다. 친구가 애인이랑 여행을 간다.―그 사실을 집에는 비밀로 했으며, 나와 간다고 말했다.― 그 집에서 확인 전화가 온다.―그러면 거짓말을 한다.

그렇게 남의 거짓말에 동원되곤 하던 나는, 울산바위가 있다는 데를 몇 번이나 다녀왔다고 되어 있다. 어디 간다고 했다고? 울산바위 보러 간다 그래. 울산바위는 무슨 20대 섹스의 상징물인가? 최소한 네 번은 다녀왔다. 그래서 나는 울산바위가 울산에 있는 줄로만 알았지 뭔가. 울산바위는 바로 설악산에 있습니다. 이 지식이 필요하신 분들은 명심하시길.

가족이라면 몰라도 굳이 회사 사람에게 '애인과의 여행'을 자랑하듯 말하는 태도를 이해할 수 없다는 '어른들'에게도 전하고 싶은 말이 있다.

대체로 해당 대화는 이렇게 이루어진다.

"이번 휴가에 뭐해?"

"여행 가요."

"어디 가?"

"남해에 다녀오려고요."

"혼자?"

"아뇨. 여자/남자친구도 휴가 맞춰서 같이 가기로 했어요."

"아…(속으로 '어떻게 남자 친구랑 같이 간다고 당당하게 말하지?'라고 생각한다)."

물으니 대답한 것이지, 굳이 먼저 자랑하려고 한 적 없다. 알고 싶지 않으면 묻지를 말자. '어른'의 유리 같은 멘탈을 위해 거짓말로 여행 동반자를 만들어내야 한다면, 혹은 '어른'의 고지식한 사고방식을 위해 거짓말로 여행 동반자가 없다고 해야 한다면, 그게 더 이상한 일이다.

그날의
인생

평양냉면을 처음 먹은 날을 기억한다. 회사 선배들을 따라 무더운 여름날 을밀대에 갔는데 처음 한 입 먹고는 '거짓말'이라고 생각했다. 아무 맛도 없는데 다들 왜 맛있다고 하지. 식초를 잔뜩 뿌려서 먹었다. 새콤달콤한 맛이 그때까지 내가 알던 냉면(그리고 쫄면)의 맛이었다. 주변에 평양냉면 마니아가 제법 있었기 때문에 그 이후로 나는 입맛과 무관하게 평양냉면을 먹으러 다니곤 했고, 어느 순간 그 맛을 알아버렸다. 맛있다는 평양냉면집을 다 찾아다녔고(대체로 서울과 경기지역에 있으므로), 평양냉면집에서 파는 만둣국, 그리고 맑은 국물 요리들의 팬이 되었다. 어떻게 맛이 '없다'고 생각했는지 지금 생각하면 신기할 정도로 맹물 같은 맑은 국물 요리들을 즐기게 되었다. 온밥도 정말 좋아한다. 그 맛을 처음 알게 되었을 때, 이게 바로 어른의 맛일까 생각한 기억도 난다.

평양냉면을 좋아하게 된 이후 진짜 북한식 평양냉면이 궁금해졌다. 북한에서 먹어볼 일은 없으니 막연하게 '언젠가' 정도로 생각하다가, 몇 년 전 처음 베이징 여행을 갔을 때 기회라고 생각했다. 설연휴 동안의 방문이었는데, 당시 숙박했던 디엠퍼러베이징 호텔은 '자금성'이라는 이름이 아직도 더 익숙한 고궁박물원 바로 옆 블록에 있었다. 지금은 어떻게 된 일인지 호텔이 영업을 하지 않는 듯한데, 그 호텔은 엘리베이터가 없는 3층 건물에 옥상 바가 유명한 곳이었다. 식사를 하는 곳도 옥상의 실내에 있었다. 아침밥을 먹고 사람이 없는 옥상으로 나가면 한눈에 자금성의 황금색 지붕이 바다처럼 펼쳐져 있는 모습이 보였다.

혼자 떠난 여행이어서 북한식당에 가는 게 좋은 생각인지 꽤 망설였다. 아마도 그 여행에서 먹은 음식들이 입에 조금만 더 맞았더라면 안 갔을지도 모르겠다. 이상하게도, 이후 중국 여행에서는 온갖 내장 요리며 국물요리, 볶음요리를 신나게 먹었는데도, 그때는 아무것도 먹지를 못했다. 혼자서는 오리고기 먹으러 갈 엄두도 나지 않았고, 아무 식당이나 들어가면 이미 향신료 냄새로 KO패 당했다. 그러다가 생각이 났다. 북한식당에 가보자고. 인터넷 검색을 했다. 그리고 주소와 전화번호를 적어서 택시를 탔다. 나는 중국어를 못했고 택시기사는 영어를 못했다. 일단 보여준 주소로 택시기사가 차를 몰았다. 섣달그믐 저녁 5시쯤이었나, 베이징 시내의 해는 지고 있었고, 때 이른 폭죽놀이가 이미 시작된 참이었다. 섣달그믐 밤 폭죽놀이가 악귀를 쫓고 재물운을 가져온다고 하던가. 그런 말을 들은 기억은 있었다. 설마 그걸 밤새 할 줄은 몰랐지.

택시는 달리고 달려, 한인들이 많이 산다는 왕징 지역으로 향했다. 내가 머물던 숙소에서 가깝지 않았다. 목적지에 도착한 듯 택시가 같은 곳을 헤매기 시작한 곳은 중국식의 거대한 건물들이 전부 소등한 상태인, 어딘지 알 수 없는 곳이었다. 중국도 춘절 연휴였으니 오피스 건물들은 전부 문을 닫고 불을 끈 채였다. 택시기사가 "여기인 것 같다, 그런데 여기가 너가 가려는 곳이 맞느냐"로 추정되는 말과 몸짓을 했고, 나는 캡처해놓은 '평양해당화' 간판 사진을 보여주며 "여기를 가야 한다"고 그가 알아들을 법한 몸짓을 했다(그리고 한국어를 천천히 했다, 마치 그가 알아듣기라도 할 것처럼). 아저씨는 전화번호를 달라고 하더니 통화를 했다. 그리고는 "알아냈다"로 추정되는 의기양양한 말과 몸짓을 한 뒤 나를 어딘가에 내려주었다.

여전히 사방팔방 불은 전부 꺼져 있었다. 나는 일단 택시비를 지불하고 고맙다는 인사를 하고 내렸다. 식당이 없으면 불빛이 나오는 곳까지 걸어서 나갈 일이었다. 식당과 전화통화까지 했으니 분명 여기 어딜 텐데. 식당 간판은 왜 안 보이나. 잠깐 걷다가 사진으로 본 간판이 보였다. 간판에는 불이 들어와 있는데 식당은 캄캄해보였다. 영업을 한다는 건가 안 한다는 건가. 일단 건물 안으로 들어섰다. 가까이 가자 식당 문이 열렸다. 자동문은 아니었다. 직원이 문간에 서 있다가 열어주는 시스템이었다. 섣달그믐이라 손님이 적은 건지, 원래 적은 건지 알 수 없으나 내가 그날 첫 손님인 것으로 보였다. 최소한 1층 홀은 그래보였다. 손님이 오기 전에는 홀에 불을 켜지 않고 있어서 그렇게 밖에서는 낌새를 챌 수 없을 정도로 캄캄했던 것이었다.

나도 당황했고 그곳 직원들도 당황했다. 일단, 그 식당에는 내가 볼 수 있는 곳에 남자 직원은 단 한 명도 없었다. 내가 들어서자 홀의 불을 약간 켜주었는데, 내가 들어서기 전엔 어두운 실내에 TV 화면만 켜져 있었다. 북한의 뮤직비디오로 추정되는, 노래와 영상이 조합된 화면이 흘러나오고 있었다. 종업원들을 보고 나는 또 놀랐는데, 전원 젊고 아름다운 여성이었고, 한국에서는 본 적 없는 스타일의 한복을 입고 있었다. 한국식 개량한복보다는 일반 한복에 가까운 스타일인데 길이가 무릎과 복숭아뼈 사이 정도였다. 그리고 그들 모두 7센티미터는 될 법한 하이힐을 신고 있었다. 다섯 명 정도의 직원들이 나를 보고는 메뉴판을 가져다주었다.

거리로 보나 분위기로 보나 다시 올 일이 있을지 낙관할 수 없음을 직감한 나는(그즈음 나는 며칠을 거의 굶은 데다가 스니커즈나 아무리 봐도 바가지를 쓰고 산 것 같은 삶은 옥수수로 점심을 때우고 내내 걸어다니고 있었다) 일단 먹을 수 있을 것 같은 건 전부 시키기로 했다. 평양냉면과 김치를 시켰고, 뭐가 맛있냐고 직원에게 물으니 해물을 데친 요리를 권해주길래 그걸 추가했다. 그리고 요리가 나올 때까지

나는 그 식당의 하나뿐인 손님이었다. 나는 북한 여자들과 북한 뮤직비디오(지금도 그게 뭔지 모르겠지만 화면의 형식은 분명 뮤직비디오였다)를 번갈아 쳐다보고 있었고, 그녀들도 나를 쳐다보며 계속 수군거렸다. 음식이 나오면 내가 먹고, 그들 모두 저쪽 카운터 쪽에서 나를 구경하는 식이었다.

그날의 저녁식사는 내가 경험한 중 가장 이상한 식사였다. 맛은 있었다. 다만 내가 한국에서 먹던 맛이 아니었다. 국물은 뭘로 냈는지 약간 진했고, 위에 다대기를 얹어주었다. 해산물 수육이 정말 맛있었는데, 내가 국물을 다 마시자 (내내 저쪽에서 나를 보고 있던) 직원이 다가와 뭐라고 물었다. 한국말로는 "육수 더 드릴까요?"였는데, 그 표현조차 달라서 두 번 되물어보고야 더 달라고 한 기억이 난다. 북한 말의 억양과 쓰는 단어가 다르다는 실감을 그때처럼 한 적은 또 없었다. 북한식 통김치를 별도 판매하는데, 그게 굉장히 맛있었다. 통김치는 젓갈을 많이 쓰는 한국식 김치와 다르게 물김치처럼 맑은 국물이 약간 있는 간이 진하지 않은 배추김치로, 상큼한 맛과 아삭거리는 식감이었다. 그걸 먹는 내내 나는 직원들을 흘끗거렸고 직원들은 나를 흘끗거렸다.

그러다가 다른 테이블에 가족 손님이 왔다. 어느 나라 사람들인지는 모르겠다. 홀의 불은 여전히 절반 정도만 켜져 있었고, TV에서는 뉴스에서나 본 적 있는, 뭔가를 찬양하는 노래가 홀로 기운차게 흘러나왔고, 문간에 선 직원은 하이힐 신은 발이 불편한지 발을 이리저리 움직이며 손님이 오면 언제든 문을 열 준비를 하고 있었다. 나는 먹을 수 있는 만큼 먹었다. 맛있는 요리였다. 그리고 다시는 가지 못했다. 베이징의 북한 음식점들이 문을 닫았다고 들었고, 다시 갈 생각도 하지 않았다.

식사를 마치고, 현금으로 계산을 했다. 직원에게 뭐라고 말이든 질문이든 해보고 싶었는데, 그냥 계산만 마치고 나왔다. 문간의 직원은 내가 들어갈 때처럼 문을 활짝 열어주었고, 나는 어두컴컴한 건물을 돌아 나와 택시가 잡힐 만한 곳까지 밝은 불을 좇아 10분 정도를 걸었다. 걸으면서 한참, 식당 안에서의 경험을 생각했다. 무슨 생각을 했는지 이제는 잘 기억나지 않는다.

택시를 타고 돌아와 배부르고 어수선한 마음을 추슬러 잠들고자 노력했다. 하지만 귀를 막고 눈을 감아도 진동이 느껴질 정도의 폭죽이 새벽 1시까지 지축을 뒤흔들었다. 숙소 인근은 오래된 건물이 많아서 폭죽을 터뜨려서는 안 된다고 들었는데. 계속 잠 못 들 것 같았지만 눈 떠보니 아침이었다. 안타깝게 느껴지던 많은 것들이 아침이 찾아오며 어제의 시간으로 흘러들어 잊혔다.

혼자 가서는 식사다운 식사를 거의 못 하긴 하지만, 나는 겨울의 베이징을 정말 좋아한다. 공기는 좋지 않다. (한숨) 아침에 문 여는 시간에 맞춰 고궁박물원에 들어가는데, 생수 한 통과 스니커즈 두 개 들고 가서 다섯 시간 정도는 그냥 떠돌듯이 구경한다. 관람순서상 거의 마지막 즈음에 연희궁을 보도록 동선을 짜곤 하는데, 건물

의 배치라든가, 가장 높은 곳에서 보게 되는 지붕이 바다처럼 늘어선 광경은 몇 번을 경험해도 질리지 않는다. 하지만 풀이 없지. 녹색이 그렇게나 없는 곳도 드물 것이다. 온통 황색이다. 그걸 금색이라고 부를 수도 있겠지만.

언젠가부터 나무 조경이 잘 된 곳을 좋아하게 되었다. 그런 면에서는 재미없는 곳이지만, 그와 무관하게 '규모'라는 관점에서의 아름다움을 이렇게 잘 구현하기도 어려울 것이다. 그런 생각으로 보다 보면, 그 옛날 사람들에게 이 규모의 스펙터클이 얼마나 큰 충격이었을까 싶어진다.

'로컬'이라는
환상

대구 여행을 다녀왔다. 가기 전에 대구 출신 친구들에게 맛있는 집 있으면 추천을 해달라고 했더니 갑자기 동공지진을 일으켰다. 피렌체를 함께 여행했던 K씨는 이렇게 말했다. "저는 대구 맛집이라는 데를 다 서울에 와서 알았지 뭐예요."

전주는 전북지역답게, (전남만큼은 아니라고 해도) 어딜 가나 대체로 맛있는 음식을 먹게 된다. 역시 전주라고 하면 타지인들 머릿속에는 "그 소문으로 듣던 전주비빔밥을 제대로 먹어보겠다"는 정도가 떠오르는데, 전주 사람들에게 맛집을 물어보고 들은 가장 뜻밖의 메뉴는 '닭볶음탕'이었다. 실제로 모정, 또순이네, 마중 같은 집에서 먹는 닭볶음탕은 각기 개성이 강하면서도 맛있다. 간을 내는 재료로 고추장을 쓸 것인가 고춧가루를 쓸 것인가 혹은 묵은지를 쓸 것인가가 다르고, 국물이 있는지 볶음같이 만드는지가 다 다르다. 하지만 내가 이 말을 아무리 해도, 전주에 가서 닭볶음탕을 먹으러 가는 사람들은 열흘씩 전주에 머물러야 하는 영화제 데일리 제작팀 정도였다.

스코틀랜드 여행을 갔을 때는, 현지인 가이드가 저녁 일정을 마무리하며, 여기서 뭘 먹어야 하는지 말해주었다. 그때 며칠을 묵은 스카이섬의 포트리는 그림처럼 아름다운 항구 도시인데, 가이드의 말은 이랬다. 여기에는 해산물 요리가 맛있는 집(예약을 하는 게 안전하다더니, 꽤 인기 있는 집이어서 충동적으로 들른 나는 식사를 하지 못했다)이 있고, 안전하게는 피자집(이건 이탈리아 음식인데? 라고 생각하지만 여기에는 스코틀랜드 음식인 해기스 피자가 있다, 내가 먹어봤는데, 한 번쯤은 먹을 만하며 맥주와 함께 먹으면 맛있다)이 있는데, 가장 맛있는 집은 인도요리점이라고 했다. "전 세계에서 인도 음식을 두 번째로 잘하는 나라가 어딘지 알아? 영국이야!"라는 그의 말은 농담이 아니다. 하지만 누가 스카이섬까지 가서 인도음식점을 가겠는가? 다음 날 아침에 보니, 가이드 혼자 그 인도음식점에 갔더라고.

'현지인이 가는 맛집'이라는 환상이 있다. 하지만 내가 서울에서 가장 자주 가는 레스토랑들의 메뉴는 이렇다. 파스타, 훠궈, 초밥, 샌드위치, 만두. 외국에서 손님이 오면 그제야 나도 '검색'이라는 걸 한다. 한국을 여행으로 오는 사람들은 한국인이 먹는 맛있는 집에 가고 싶어 한다. 문제는, 한식은 회사 출근할 때 점심이나 저녁으로 가장 많이 먹으며, 한 끼에 6천 원에서 1만 원 정도 하는 이런 식당은 해외에서 온 손님을 모시고 갈 만한 곳은 아니라는 것이다. 데이트할 때도 회사 근처 백반을 먹으러 가는 일은 거의 없다. 아마도 내가 외식을 하러 가는 '로컬' 음식점 중 가장 자주 가는 곳은 떡볶이집일 것이다.

〈대장금〉이 인기를 끈 뒤, 한국의 '궁중음식'을 먹고 싶다는 사람들을 만날 때도 있다. 하하하. 궁중음식이래. 그게 뭔지 나라고 알아야 말이지. 떠올릴 수 있는 게 신선로 정도다. 전주비빔밥 잘하는 집도, 딱히 알지 못한다. 그와 유사하게, 여행 간 도시에 사는 친구가 데려가는 식당 중에 전통음식(그게 뭔지도 모르겠고)을 파는 곳은 거의 없었다. 교토와 뉴욕에서도 나는 인도음식점에 간 적이 있다. 다 현지 친구들의 강력 추천에 의한 선택이었다.
결론은, 인도 음식이 맛있다는 것 정도가 되려나.

물론 로컬들에게 인기 있는 현지 음식(혹은 식당)이라는 것도 당연히 존재는 한다.
'비스테카 알라 피오렌티나'라는, 아름다운 이름을 가진 피렌체식 티본스테이크는 피렌체에서 먹는 특유의 스타일이 있다. 태우듯 구

워서 가져오는, 마냥 부드럽기만 하지는 않은 고기 씹는 맛. 나는 둘이나 셋이 비스테카 알라 피오렌티나 1킬로그램을 먹었는데, 다른 테이블의 이탈리아 사람들은 1인당 하나씩 먹더라.

하지만 역시 피렌체에서 먹은 맛있는 음식 중에 빼놓을 수 없는 것은 '트리파'라고 불리는 소 내장 요리다. 소 내장 요리를, 토마토 소스로 간을 해 먹는다. 이것을 따뜻하게도 먹고 차갑게도 먹는다.

서울을 찾는 외국인들을 위해 내가 데려가는 곳은—고깃집이 제일 간단하지만—손님이 20대라면 분식집, 40대 이상이라면 만두전 골집이다.

사랑에 빠지는 일이 다 그렇지만, 그 이유라는 것은 사후적으로 제시될 뿐이고 대체로 무의미하다. 내가 에든버러를 사랑하게 된 것만 해도 그렇다. 매번 혼자 갔고, 맛있는 음식을 먹어본 적도 없다. 거의 항상 추웠고, 하루도 빠짐없이 비가 왔다. 나는 한국의 11월 말 날씨에 비가 매일 추적거리고 오는 것 같은 에든버러의 날씨를 좋아한다. 왜 이렇게 그곳을 좋아하나 했더니 부슬거리고 축축한 날씨를 그저 좋아할 뿐이다. 에든버러의 올드타운은 그 안에 있을 때도 좋고 뉴타운에서 바라볼 때도 좋다. 해만 지면 귀신 나올 것 같은 골목길(클로즈close라고 불리는)을 밤마다 다람쥐처럼 쌩쌩 오간다.

그리고 그곳 사람들에게는 이상한 유머 감각이 있다. 여기서 중요한 건 내가 대화다운 대화를 나눠본 스코틀랜드 사람은 얼마 되지 않는다는 사실인데, 내가 여행을 다니며 현지 가이드 투어를 해본 역사상(지금껏 스무 곳 정도의 도시에서 해봤다), 유일하게 스코틀랜드와 아일랜드의 가이드만이 한참 공들여 설명을 해놓고 "농담이지롱!"을 했다. 한두 번도 아니고 여러 번. "저기 저 호수(스코틀랜드에서는 로크loch라고 부른다) 이름이 클루니Cluanie인데, 조지 클루니의 저택이 저기에 있고 그 저택으로 할리우드 스타들을 초대해서 블라블라 뻥이지롱!" 이런 식이다. 나중에는 또 농담인 줄 알고 사람들이 대충 듣고 있다고 생각했는지, "내가 농담일 때는 꼭 농담이라고 말할게. 다른 건 전부 진짜니까 잘 들어줘. 농담이라고 말 안 하는 건 전부 진짜야" 하기에 이르렀다.

스코틀랜드 하일랜드(스코틀랜드 고지대)에서 가장 인기 있는 관광지 중 한 곳인 포트리에 갔을 때는 숙소에 들어갔더니 카운터가 비어 있었다. 카운터로 갔더니 오른쪽 바에서 술 마시던 아저씨가 오더니 친절하게 체크인 수속을 마치고는, 와이파이 비밀번호를 알려주겠다며 나의 팔을 살짝 잡아끌었다. 그리고 칠판을 보여주는데, 거기에는 "wifi password: ask at the bar"라고 쓰여 있었다. 그리고는 칭찬을 기다리는 어린아이처럼 의기양양한 표정으로 나를 보고 있었다. 아, 이거 웃으라는 포인트군. 하하하. That's cute. 하하하. Don't ask at the bar! 하하하. 즉, '바에 물어보시오' 자체가 암호라서, 정말 바에 가서 물어봐도 소용없다는 뜻이다. 그 호텔에서 조식을 먹는 식당에는 액자가 두 개 걸려 있는데, 한 액자는 양떼가 앞을 보고 있는 사진이고, 다른 액자는 양떼가 뒤를 보이는 사진이다. 이런 식이다.

게다가 스코틀랜드는 유령, 마녀, 요정 이야기의 천국이다. 어딜 가나 그런 이야기를 들을 수 있다. 포트리 섬을 여행할 때는 비가 열 번쯤 내리고 갰는데, 그때마다 무지개가 떴다. 그렇게 무지개를 많이 본 건 그때가 처음이었다. 우울할 때면 자기가 사는 작은 행성에서 의자 위치를 옮겨가며 몇 번이고 해가 지는 모습을 보곤 했다는 어린왕자처럼, 여기서는 그냥 비가 내리고 그칠 때 실외에 있기만 하면 하루에도 몇 번이고 무지개를 볼 수 있다.

포트리로 가던 길에 가이드는 차를 세우고, 작은 돌을 쌓아 탑을 세운 것이 빼곡하게 늘어선 곳에서 사진을 찍게 했다. 그의 설명에 따르면 이 작은 돌탑들은 '요정의 무덤'이라고 불린다고 한다. 나는 그 설명을 들으며 예전에 〈두시탈출 컬투쇼〉에서 들은 사연을 떠올렸다. 사연인 즉슨, 어떤 사람이 산을 타다가 대변이 급해졌다. 그래서 그는 인적이 드문 틈을 타 볼일을 보고 흙으로 덮은 뒤 그 위에 돌을 쌓았다. 그리고 산 정상에 갔다가 내려오면서 보니, 다른 등산객들이 그 돌들 위에 돌들을 쌓아 돌탑을 만들었더라고. 한국에서는 소원을 빌면서 작은 돌탑들을 쌓곤 하니까.

이런 식으로 밤을 새워서 이야기할 수 있다. 위스키도 빼놓을 수 없는 화제다. 스카치 위스키의 고장이니까, 가는 동네마다 다른 향의 싱글 몰트 위스키를 맛볼 수 있다. 현지 사람에게 물어보면 다 자기 취향이 확실하다. 나도 몇 병을 사왔는데, 위스키를 골라 카운터에 가져가면 점원이 이거 좋아하냐, 그거 정말 좋은 거다, 그 술 좋아하면 저 술도 좋아할거야 등등 점원이 신나게 말을 걸어온다.

이런 곳이니, 스코틀랜드에 대한 이야기는 내게는 다 특별하다. 사랑해 마지않는 에릭 로메르의 〈녹색 광선〉의 원작 소설인 《녹색 광선》만 봐도 그렇다. 작가 쥘 베른은 서른한 살 때 가족과 스코틀랜드 여행을 갔다. 그곳은 그의 어머니의 고향이었다. 그 경험이 《녹색 광선》에 녹아 있다. 이 책에 관심을 가진 이유는 하일랜드가 소설 내내 등장하기 때문이다. 비가 자주 내리는 곳이다. 하루에 날씨가 몇 번씩 바뀐다. 아름다운 성과 수많은 호수가 있고, 셀 수 없을 정도로 많은 요정과 마녀, 유령, 그리고 맥 어쩌고 부족과 맥 어쩌고 부족(이름이 '맥'으로 시작하면, 그것은 누구의 후손이라는 뜻으로, 맥도널드라면 도널드의 씨족이라는 뜻이 된다)의 전투 이야기가 있는 곳이다.

사랑하는 사람의 진심을 알기 위해서는 무엇을 봐야 할까? 《녹색 광선》의 주인공 헬레나 캠벨에게는 생각한 바가 있었다. 하일랜드 지방의 전설에 따르면, 녹색 광선은 그것을 본 사람으로 하여금 사랑의 감정 속에서 더 이상 속지 않게 해주는 효력을 가지고 있다고 한다. 태어나고 얼마 지나지 않아 부모님이 사망한 뒤, 두 독신 삼촌의 손에서 애지중지 키워진 헬레나는 결혼 전에 이 녹색 광선을 보겠다고 마음먹는다. 조카의 결혼이 이제 유일한 목표인 두 삼촌은 자신들의 기준에 부합하는 젊은 학자(이름이 아리스토불러스 어시클로스인데, 이름만 봐도 쥘 베른이 이 남자를 신랑감으로 생각하지 않았음을 짐작할 수 있었다)를 신랑감으로 점찍고는, 둘의 결혼을 위해 녹색 광선을 찾기 위한 여행을 떠난다. 수평선으로 해가 질 때, 기상상황에 따라 잠깐 스쳐간다는 녹색 광선을 찾아서. 어딘가에서 들어본 이야기 같은가? 에릭 로메르의 〈녹색 광선〉에 이 소설이 언급되고, 그 주인공 델핀은 녹색 광선을 보기 위해 바다 앞에서 해지는 모습을 바라본다. 나는 헬레나가 두 삼촌과 함께 스코틀랜드의 해변가를 따라 여행하는 《녹색 광선》을 읽으며, 이 여행이 끝나지 않기를 바랐다. 어쨌거나 여행 중반에 아리스토불러스 어시클로스가 합류해 온갖 것에 아는 척을 하며 간섭하기 시작하고, 새로운 일행이 또 생긴다. 화가 올리비에 싱클레어다. 어시클로스는 이 남자를 관찰하지만 곧 경계심을 늦춘다. 이 젊은이가 캠벨 가까이에 항상 붙어 있고, 그녀는 그에게 다정한 태도를 보이고 있지만, 그것이 둘이 서로에게 딱히 호감이 있어서는 아니라는 결론을 내렸기 때문이다. 이쯤 되면 현명한 독자는 누가 헬레나의 짝이 될지 짐작하고 있을 테지만.

헬레나는 녹색 광선을 보게 될까? 그런데 결혼을 하고자 한다면, 그래서 상대의 진심을 알고자 한다면 정말 봐야 하는 것은 무엇일까? 《녹색 광선》의 결말은 신나고 귀엽고 사랑스럽다. 결국 봐야 할 것을 보고 알아야 할 것을 알게 된다는 이야기다.

캐슬린 제이미의 《시선들》 역시 스코틀랜드와 관련해서 빼놓을 수 없다. 스코틀랜드를 대표하는 시인이자 에세이스트인 캐슬린 제이미는, 스코틀랜드의 풍경과 문화에 바탕을 둔 여행, 자연, 고고학, 여성의 이야기를 에세이로 써냈다. 운전면허가 없는 데다가 작은 배만 봐도 뱃멀미를 하는 나 같은 사람은 꿈도 못 꿀 스코틀랜드 북부의 섬들을 여행한 책이다. 세인트 킬다 군도에 가는 이야기는 두 번이나 다시 읽었는데, '세인트 킬다를 찾은 세 번의 방문'이라는 글은 이렇게 시작한다. "꽤 오래전 일이다. 아이들이 어렸고 세상이 여기 지금으로 쪼그라들었을 때, 나는 세인트 킬다에 가고 싶다는 생각에 푹 빠졌었다. 사방이 절벽이고 온갖 새들이 노니는, 그야말로 이 세상 같지 않은 곳. 그때는 우체국에 들르는 것조차 도저히 할 수 없는 해변처럼 여겨지던 시절이었다." 캐슬린 제이미는 그때 무릎을 꿇고 카펫에서 레고 장난감을 치우고 있었으니까.

그래서 마흔 살 생일이 되면 그녀 자신에게 주는 선물로 세인트 킬다에 가서 일주일을 보내기로 마음먹는다. 그리고 마침내 세인트 킬다에 간다. 그런데 악천후로 배가 거세게 흔들린다. 세인트 킬다에 가지 못했지만 그 대신 여행한 곳도 충분히 좋았다. 그리고 2년이 흐른다. 이번에는 일기 예보가 나쁘지 않다. 바람도 남서쪽으로 불고 있다. 도착에 성공한다. 그런데 악천후가 예보되었다. 결국 버스 정류장에 서 있는 것보다는 오래 있는 정도의 시간만을 머물고 다시 돌아오는 배에 몸을 싣는다. 또 2~3년이 흐른다. 그리고 이번에는 행운이 따른다. 고고학자 질 하든이, 스코틀랜드 고대역사 기념물에 대한 왕립위원회 탐사 팀이 세인트 킬다에 가서 방대한 프

로젝트를 시작할 계획이라고 한 것이다. 무려 3년에 걸쳐 여러 차례 방문할 계획이라고. 그리고 마침내 세인트 킬다에 도착한다.

자연이 아름다운 곳에서 충만한 경험을 한 뒤 그 경험을 어떻게 글로 옮길까를 고민하는 사람이라면《시선들》은 좋은 가이드가 되어줄 것이다. 에든버러 시내에서 현지인들도 잘 모르는 거대 수염고래 두 마리의 턱뼈를 똑바로 세워 만든 이중 아치가 어디 있는지 알고 싶은 사람에게도 권하고 싶다.

내가

사랑한

패키지

자유여행자들은 패키지를 이용하지 않는 것에서 자부심을 느끼는 경향이 있는 것 같은데, 다니다 보면 패키지여서 좋았다는 순간들도 꽤 경험하게 된다. 물론 여기서 패키지는 한국에서부터 패키지로 출발하는 것 말고, 현지 여행사의 패키지인 경우가 많다. 대체로 영어나 일본어, 프랑스어로 가이드하는 여행들을 다녔는데, 드물게도 한국어로 진행하는 투어로 큰 만족감을 느낀 일도 있다.

바티칸 여행을 해본 한국 여행자들 사이에서는 꽤 유명한 여행사의 바티칸 당일 투어가 있다. 3만 원을 내면 주요한 그림들에 대해 설명을 해주는 투어다. 점심은 알아서 준비해 가야 하는데, 이 투어를 처음 이용한 이유는, 단체 입장이 가능하기 때문에 거의 오픈하자마자 입장해 시간을 벌 수 있어서였다. 콜로세움에서 땡볕에 줄 서다가 탈진할 지경이 되어 슈퍼 가격의 세 배를 주고 시원하지도 않은 생수를 두 병이나 사 벌컥벌컥 마신 지 며칠 지나지 않은 터라, 단체 입장이 가능하다는 말에 솔깃했던 것 같다. 사실 큰 기대는 없었다.

이 투어 프로그램으로 말하면 바티칸 미술관을 포함해 바티칸의 주요 장소들을 가이드가 설명해주는 구성이다. 결론부터 말하면 돈 3만 원으로 한 가장 잘한 일 중 하나가 그 투어 참여가 되었다. 바티칸 미술관에 대한 책을 읽는 것으로는 다 파악하기 어려웠던 그림들에 대해, 미술사와 화가들의 삶, 그리고 주요 교황들의 일대기까지 하루 종일 설명을 들을 수 있다. 그런데 그 설명이 굉장히 흥미롭다. 아마도 투어 가이드들에게 몇몇 대목에서 스토리텔링을 어떻게 할지에 대한 교육을 철저히 하는 것처럼 보였다. 거의 1인극을 보는 기분이었다.

바티칸의 정원에서 건물 이야기를, 그리고 전시관들을 돌고 (중간에 점심 휴식이 있다) 바티칸과 관련된 주요 화가들의 활약을 이야기하는데(기가 질릴 정도로 굉장한 작품들이 계속 나온다, 대체 종교란 무엇인가), 바티칸 미술관에 대해 아는 사람이라면 충분히 예상 가능하겠으나, 하이라이트는 바로 미켈란젤로, 미켈란젤로, 미켈란젤로다.

자, 시스티나 성당으로 간다. 〈천지창조〉라고 알려진 미켈란젤로의 천장화(영어로는 'The Ceiling'이라고 부른다. 천장을 고유명사로 만들어버린 그림인 셈)와 〈최후의 심판〉이라고 알려진(후대의 화가가 벌거벗은 그림 속 인물들에게 모두 천을 둘러 하체를 가려버린) 제단 위 벽화가 그곳에 있다. 시스티나 성당 안은 촬영이 금지되어, 미켈란젤로의 작품들에 대한 설명은 전부 입장 전에 이루어진다. 1508년부터 미켈란젤로가 교황 율리우스 2세의 명으로 창세기의 이야기를 시스티나 성당 천장(41.2×13.2m)에 그려냈다. 그림과 채색은 혼자 했다고 하고, 천장 밑에 작업대를 만들고 고개를 젖힌 채 그림을 완성한 뒤 목과 눈이 회복할 수 없을 정도로 망가졌다고 한다. 그림은 1512년 완성되어 같은 해 만성절인 11월 1일 제막식을 가졌다. 시스티나 성당에서 미사를 봉헌할 때 생긴 초로 인한 그을음이 천장화와 벽화를 검게 덧칠했다.

이런 설명을 한 뒤 가이드는 덧붙인다. (내 기억에 따라 재조합한 설명임을 감안해달라. 아래 글을 읽어보면 설마 이렇게까지 이야기한단 말인가 생각할 테지만, 이것은 축약본이며, 원래 가이드가 한 말은 훨씬 더 감성적이었다.)

"시스티나 성당에서 사진 촬영이 안 된다고 해도 굳이 찍으려고 하시는 분들이 있습니다. 하지만 그러지 않으시면 좋겠습니다. 플래시를 터뜨릴 경우 보안요원에게 제지당하는 건 물론이고, 무엇보다도 그림이 상할 수 있기 때문입니다. 이제 다시 미켈란젤로의 그림이 상하면 지금처럼 재복원하기는 불가능하다고 합니다. 플래시를 터뜨리지 않더라도 사진을 찍으시기보다, 눈으로 그림을 더 보시면 좋겠습니다. 어차피 사진을 찍어도 원하는 것처럼 나오지 않습니다. 천장화 전체 그림은 기념품 가게에서 사실 수 있습니다. 그편이 훨씬 낫습니다. 시스티나 성당에 들어가시거든, 그냥 목을 젖히고 그림을 보세요. 그 자세로 얼마나 오래 볼 수 있는지, 한번 목을 젖힌 채 버텨보세요. 5분을 넘기기 힘듭니다. 그런데 미켈란젤로는 몇 년간을 쉬지도 않고 매일매일 그 상태로 그림을 그렸습니다. 작업을 위한 지지대가 있기 때문에 매번 그림을 전체적으로 조망하는 일도 불가능했을 겁니다. 한쪽 눈은 거의 실명상태가 되고, 어깨는 쓸 수 없을 것처럼 느껴집니다. 그 상태에서 그림을 그려갑니다. 그림을 보시면 깜짝 놀라실 수도 있습니다. 생각보다 색깔이 굉장히 화려하고 선명합니다. 더불어, 아래에서 천장을 보면 조각처럼 보이는 부분들도 있습니다. 처음에 천장화가 공개되었을 때, 참관을 온 성직자들을 포함한 사람들이 바닥에 납작 엎드렸다는 이야기가 있습니다. 천장에 조각을 매달아놓은 줄 알고 떨어질까 봐 무서워 바닥에 엎드렸다는 것이지요. 그런 느낌을, 충분히 느껴보십시오. 안에 계시는 시간 동안 어떻게 하면 들키지 않고 사진을 찍을까 궁리하지 마시고, 그 넓은 텅 빈 천장을 처음 마주했을 인간 미켈란젤로의 두려움을 느껴보세요. 보는 것만으로도 버거운 그 작품을, 인간을 넘어선 인간의 힘으로 완성하는 미켈란젤로를 상상해보십시오. 그리고 나중에 바티칸 기념품숍에서 천장화 그림을 하나 사가세요.

앗, 참고로 거기서 그림을 사신다고 제게 돈이 떨어지거나 하는 건 전혀 아니거든요. 사고 싶으면 사시고 아니면 안 사셔도 아무 상관 없어요. 하지만 나중에 살아가는 일이 힘에 부친다는 느낌이 들면, 천장화를 꺼내 보시고 오늘 이곳에서 본 천장화를 떠올려보십시오. 그 그림을 몇 년에 걸쳐, 완성할지 기약도 없는 채로 그려갔던 미켈란젤로를 떠올려보십시오. 그러면 아주 조금은, 더 노력해보자는 힘이 나지 않을까요."

이런 말을 듣고 시스티나 성당에 들어간다. 사진을 찍는다는 생각은 하지도 않고, 목을 젖혀 천장을 쳐다본다. 5분이 뭔가. 3분도 고개를 못 들고 있겠다. 구석구석 그림을 보는 것도 지친다. 그러다 〈최후의 심판〉을 보면 그림 속 인물들이 벗고 있다고 하체를 가리게 했다는 말이 믿기지 않는다. 음란마귀들 같으니. 성당 제단 뒤편 벽에 그려졌다 해도 뭘 보고 있는가 말이다. '남자☆나체★대폭주☆꺄핫★모두가☆벗고★있다☆여기도★페니스☆저기도★페니스' 같은 생각을 한 모양.

이런 생각을 하고 시스티나 성당을 나온 뒤 최후의 미켈란젤로 모멘트는 성베드로 성당에서 이어진다. 성베드로 성당에는 미켈란젤로의 〈피에타〉 상이 있다. 원래는 유리벽이 없었는데, 큰 사건이 있었다. 가장 심각했던 훼손은 1972년 5월 21일 일어났다. 헝가리 출신의 호주인 라즐로 토스라는 사람이 성베드로 성당에 들어와서

"나는 예수 그리스도다. 나는 죽은 자들 가운데 부활했다!"라고 외치며 망치로 열다섯 차례나 성모 마리아의 팔꿈치 부분, 코, 눈꺼풀 쪽을 부수거나 찍어냈다. 당시 그 광경을 보던 사람들은 부서진 대리석 조각을 그대로 가져갔다고 한다.

이 작품은 미켈란젤로가 자기 이름을 새긴 유일한 작품이기도 하다(마리아의 어깨띠에 이름이 있다). 미켈란젤로의 〈피에타〉 중 최초의 것이므로, 이후 것들과 비교해도 재미있다(피렌체에 가시는 분들은 미켈란젤로의 다른 〈피에타〉도 찾아보시길, 같은 사람 조각 같지가 않다!). 이 〈피에타〉 상 앞에서도 가이드는 굉장한 이야기를 들려주었다. 〈피에타〉는 십자가에 매달려 죽은 예수 그리스도를 무릎 위에 안은 성모 마리아를 조각한 것이다. 그런데 이 작품은 이전까지의 〈피에타〉와 비교했을 때 성모 마리아가 너무 젊고(앳되다) 예수 그리스도의 몸에 비해 너무 거대하고, 사후경직이 일어난 예수의 몸은 너무 나긋해 보인다는 등의 비판이 있었다고 한다.

이 대목에서 가이드는 책을 한 권 꺼내 펼치는데, (여기부터가 하이라이트) 로버트 후프카라는 이름의 포토그래퍼는 〈피에타〉를 가능한 모든 각도에서 촬영했다. 1975년에 촬영이 진행되었는데, 이 사진집에는(나도 이 책을 구입했다) 〈피에타〉 사진이 여러 각도와 디테일로 150장 찍혀 있다. 첫 사진은 성모 마리아가 두른 띠 위에 새겨진 미켈란젤로 부오나로티의 이름부터 시작한다. 이 사진집을 보면, 미켈란젤로의 〈피에타〉를 정면에서밖에 볼 수 없다는 게 한스럽게 느껴질 정도다. 성모 마리아에 안긴 예수의 뒷모습, 예수의 늘어진 팔에 표현된 혈관들과 손등 위의 못 자국, 예수를 안고 있는 성모 마리아의 손가락 같은 디테일이 이어지다가, 짠! 하고 위에서 내려다 본 〈피에타〉 사진이 등장한다. 짠! 이라는 효과음은 현장에 없었지만, 그 사진을 가이드가 펼쳐 보여준 순간 모두 "우와!" 하고 소리를 내 감탄했다. 정면에서 보면 비율이 맞지 않는 것처럼 보였던 예수 그리스도와 성모 마리아의 신체 크기는, 위에서 보는 순간 얘기가 달라진다.

미켈란젤로는 이 〈피에타〉를, 정면에서 보는 인간들을 위해서가 아니라 저 위에서 굽어보시는 하느님을 위해 만들었다는 설명. 미켈란젤로의 의중을 완벽히 알 수는 없겠지만, 실제로 위에서 본 〈피에타〉는 정면에서 본 〈피에타〉와 다르다. 위에서 보는 순간, 그냥, 설명이 필요 없어진다.

이 사진을 보고 싶은 분이라면, 'Pieta, Robert Hupka'로 구글님께 물어보시길.

음식은 사랑과 마찬가지로 직접 경험이 전부다. (나는 이 문장을 쓰면서 사랑이라고 해야 할지 섹스라고 해야 할지 망설였다.)

먹어보지 않은 음식을 다짜고짜 좋아하기는 생각처럼 쉽지 않다. '진짜' 맛있는 음식이라면 먹는 순간 눈물이 폭포처럼 흘러내리고 신의 음성이 귓가에 울릴 것 같지만, 그건 음식만화에서나 가능한 일일 뿐더러, 맛을 음미하는 법을 아는 사람들에게 찾아오는 지적인 쾌락이다. 미각은 다른 많은 감각처럼 훈련할수록 더 성취도가 높아진다. 미술이나 음악, 소설 같은 예술의 아름다움을 경험하는 법을 다양한 작품을 통해 배우듯 말이다.

양꼬치의 경우, 양꼬치 맛집이라고 하는 집은 양꼬치를 좋아하는 사람과 그다지 좋아하지 않는 사람 사이에 일치하지 않을 수 있다. 양꼬치를 좋아하지 않는 사람이 '잘한다'고 하는 집은, 양고기 냄새를 느낄 수 없을 정도로 잘 '잡아낸' 곳일 확률이 높다. 하지만 양고기를 좋아하는 사람들은 그 냄새가 완전히 사라지기를 원치 않는 법이다.

과메기도 마찬가지였다. 과메기 선수들과 같이 간 집에서는 과메기 특유의 냄새가 진하게 났는데, 과메기 팬인 나는 그 냄새를 '향긋하다'고 느꼈다. 기름지고 향긋한 냄새라고.

경험을 통해 감각을 훈련한다는 게, 상대적으로 저렴한 음식일 경우는 어렵지 않다. 하지만 그 메뉴가 한국에서 찾기 어려운 것이거나 비용이 많이 드는 것이라면? 프랑스 요리 같은 경우는 대체로 비용 문제가 발생한다. 비용 문제를 신경 쓰지 않는다면, 잘하는 집을 찾기 어렵다는 사실에 생각이 미치겠지만.

여행 중에 분위기를 내야 할 일이 있다면 프랑스 음식점을 찾아가는 것도 좋다. 여기서 팁이 있다면, 점심시간을 노리면 저녁과 비교해서 싼 가격에 먹을 수 있다는 것이다. 주말에는 샴페인 브런치 코스를 내놓는 경우도 있는데, 프랑스 음식이라면 와인과 페어링해서 즐기기를 권한다. 병이 아니라 잔으로도 파니, 메인 디시에 맞춰 뭐가 좋은지(잔술은 종류가 다양하지는 않지만 큰 레스토랑이라면 화이

트와 레드 2~4종을 준비하고 있다) 물어보고 결정할 것.

똑같이 중화권이라고는 해도, 베이징이나 상하이보다는 홍콩 쪽이 파인 다이닝은 더 권할 만하다. 홍콩의 프렌치 레스토랑들은 모두 근사한 메뉴와 합리적 가격의 런치 메뉴를 마련하고 있으며, 다니다 보면 혼자 와서 식사하는 경우를 적지 않게 볼 수 있다. 그러니 혼자 여행자라고 해도 걱정하지 말고 도전할 것.

프랑스 요리, 양도 적은데 비싸다는 말을 듣는 일이 꽤 있다. 양이 적고 비싼 건 사실이다. 하지만 코스로 먹으면 다 먹기 어려울 정도로 배가 부르고, 비싸지만 그 값을 한다. 그 '값을 한다'는 감각은, 꾸준한 경험을 통해 쌓을 수 있는 것이다. 통각에 가까운 맵고 짠 음식에 길들어 있다가, 섬세하게 혀 구석구석을 다 쓰는 풍부한 맛 체험이 무엇인지 경험하고 나면 눈앞이 맑아지는 기분이랄까.

홍콩의 라틀리에 드 조엘 로부숑을 몇 번 방문했는데, 대체로 실망할 일이 없다고 생각했었다. 그러던 어느 날, 조엘 로부숑이 홍콩 매장을 방문한 날 그곳에서 식사를 하게 되었는데, 그때까지 먹어온 것과 다른 차원으로 맛있어서 일행과 웃은 적이 있었다. 그날 조엘 로부숑 씨는 손님들과 일일이 인사를 했는데, 매니저 왈, "너네 정말 운이 좋구나. 오늘 갑작스레 로부숑 씨가 왔는데 완전히 풀 부킹이 되었다고."

내장 요리

마니아를
위한
가이드

육고기를 좋아하는 사람들이라고 해서 모두 소나 돼지의 내장으로 요리한 음식을 좋아하지는 않는다. 육고기 내장만 맛있는 것도 아니고. 해산물 내장도 굉장하다. 전복 내장의 향긋함이라니.

부산국제영화제 때문에 자주 가는 해운대의 숙소 근처에 전복죽집이 있다. 그 전복죽집에서는 전복 내장을 넣은 전복죽을 먹는다. 가격은 일반 전복죽보다 약간 더 비싸고, 죽은 녹색이다. 이른바, SF영화에서 외계인이 게워내는 물질의 색처럼 형광빛은 아니지만 약간 풀죽 같은 상태다. 이게 정말 맛있다. 익히지 않은 전복을 통째로 먹을 때도 입 안에서 "바다!!!!!" 하고 소리치는 내장의 맛을 빼고 말할 수 있다.

게장 역시 내장을 먹을 때 고소하고 향긋한 맛이 살을 먹는 재미
와는 또 다른 법이다.

길게 쓸수록 식인종이 된 것 같은 기분을 막을 수 없다… 하지만,
살을 먹는 것과 내장을 먹는 건 크게 다르지 않다.

순대를 주문할 때의 옵션. 어떻게 말씀하십니까? 저는 간과 염통
만 달라고 합니다. 내장이라고 다 먹는 것은 아니다. 순대볶음을 먹
을 때는 간을 많이 넣어 볶아달라고 한다. 어렸을 때 어머니와 순대
사러 많이 다녔는데, 어머니는 간만 좋아하셨다. 그래서 일부러 웃
돈을 주고 '간만 많이' 주문을 넣는 일도 적지 않았다. 가장 거부감
없이 먹었던 내장은 닭의 모래주머니. 보통 닭똥집이라고 불리는데
꼬들꼬들한 게 참 맛있다. 참고로, 대구에 가면 닭 모래주머니 요리
를 다양하게 취급하는 먹자골목이 있다. 치킨집들이 늘어선 것으로
보이지만, 닭의 모래주머니를 프라이드, 간장 양념, 매운 양념(그런
데 이것도 달았다) 같은 식으로 조리해 파는 집들이다. 모래주머니가
한 접시 가득 나오는데, 원산지가 '국내산'이라고 적힌 것을 보고 일
행과 '이렇게 많은 닭들이…'라고 숙연해진 기억이 있다. 숙연해지
기는. 일행과 대화할 겨를도 없이 먹었는 걸.

제주도에 갔을 때는 미식가 K&K 커플과 함께였는데, 이들과 함
께해 실패한 음식 도전의 기억이 거의 없기도 하거니와, 이들과 함

께일 때 유리한 점 중 하나는 이들 역시 내장 요리 마니아라는 점이다. 이탈리아에서 트리파라고 불리는, 소의 위를 토마토소스와 함께 익힌 요리를 끼니 때 냉파스타처럼 먹어도 눈치볼 필요가 없다든가! 좋아하는 음식이라 해도 한 번 먹으면 한 달쯤 다시 안 먹고 싶다는 분들도 있겠지만, 나는 대체로 좋아하는 음식은 매일 6개월 정도는 먹을 수 있고, 음식에든 사람에든 뭐에든 좀처럼 질리는 법이 없다. 하지만 같은 메뉴를 다시 택하면 종종 가까운 사람들로부터 "또?"라는 말을 듣게 되고, 그 말은 상처가 된다. 흑흑흑. 그 결과 나와 친한 사람들은 전부, 같은 메뉴를 반복해도 우리가 함께 있는 한 행복한 사람들이다. 여러분 사랑해.

어쨌거나 제주도에 갔을 때는, 말고기를 '본격적으로' 먹어보자 결심하고 택시를 탔다. 목적으로 둔 식당이 있는 건 아니었다. '로컬에게 물어보자' 정도의 생각으로 택시를 타 택시기사에게, 간곡하게, 우리가 얼마나 맛의 도전가들인지, 말고기를 먹고 싶어 눈이 뒤집혔는데 어디가 잘하는지 모르겠어서 안타깝다든지, 이런 말을 하며 말고기 먹는 법에 대한 일장연설을 들었다. 내 평생 그렇게 귀 기울여 들은 일장연설이 또 있을까 싶다. 택시기사는, 뭍사람들이 잘 모르는 별미가 있다며 '검은지름'이라는 게 있다고 귀띔해주었다. 말의 대창이라고 설명하면 되려나, 내장 요리인데, 소 내장 요리와 비교했을 때 검은지름 쪽이 일단 지름이 더 넓고(500원짜리 동전보다 크다), 말을 잡은 직후에나 소량 나오는 식이라 모르는 타지 사람들에게는 '말 한 마리' 요리를 팔아도 검은지름은 빼고 판다나. 우리는 입을 모아 "그거요! 그거!"라고 외쳤고, 아저씨는 아는 식당에 전화를 걸어 검은지름이 있는지 묻더니 우리를 거기에 데려다주었다. 말한 마리를 사시미부터 구이, 수육 등 다양한 방식으로 먹는 코스를 시키고, 검은지름을 추가했는데, 종업원이 주문을 받은 걸 들고 식당 주인이 다가오더니, "괜찮으시겠어요?"라고 묻는 거다. 호기심에 시켰다가 남기면 아까우니까 아예 주문 취소를 하게 하려는 질문이고, 낯선 음식을 못 견뎌하는 사람이라면 이 대목에서 취소하는 게 맞다. 하지만 우리는 "이렇게 같이 다니니까 다른 사람 안 먹을 음식도 막 먹어도 되고 최고네요! 핫핫핫!" 하는 사람들이었으므로, 식당 주인에게 우리는 정말 괜찮다고, 다 먹을 수 있다고 말했다. 그리고 수육으로 검은지름이 한 접시 나왔을 때, 순간 당황하지 않았다면 거짓말이겠지만(웃음), 또 말도 안하고 먹기 시작했다. 일단 소의 내장 요리보다 크고, 그걸 수육으로 만들었으니 시각적인 충격이 있기는 하다. 하지만 정말 부드럽고 (그 식당에서 요리를 잘한 것이겠으나) 잡냄새를 잘 잡은 데다가 정말 고소했다.

육고기를 먹을 때, 내장 요리를 먹기 시작하면 정말 멈출 수가 없다. 퐈퐈 씨의 소개로 알게 된 망원동의 곱창전골집은 함께 먹은 사람과 사랑에 빠지는 맛인데, 이후 〈수요미식회〉니 〈맛있는 녀석들〉이니 하는 곳에 소개되면서 줄이 너무 길어져 이제는 사실상 방문을 포기하고 말았다. 얼큰한 국물에 우동사리 넣어서 맥주와 곁들여

싼 가격에 먹고 싶은 사람들에게 권한다. 하지만 이제 줄을 한 시간 서야 하더라고….

이쯤에서 나와 내장 요리를 먹으러 가장 많이 다니는 동생님의 '내장 요리 베스트5'를 소개하겠다. 특정 가게가 좋은가는 개인차가 있을 것임을 감안하고, 메뉴를 중심으로 참고하시길. 순서는 무순.

　*후쿠오카 라쿠텐치의 모츠나베
　*화곡선지해장국의 선지해장국
　*부산 대광양곱창의 양대창
　*홍콩 무이키콘지의 내장콘지
　*신림순대타운의 순대곱창볶음(백순대 말고)

모츠나베는 후쿠오카 하카타 쪽에 가면 먹을 수 있는 전골요리다. 부추를 잔뜩 넣고 미소, 시오, 쇼유 등 국물을 어떤 베이스로 할지 선택한 다음 끓여 먹는다. 한국식 곱창전골과 달리 맵거나 붉지 않고, 짭짤하면서 그윽한 맛이 난다. 후쿠오카에는 한국과 비슷한 스타일의 음식이 유독 많다는 인상인데 이 요리가 그렇다. 건더기를 다 먹은 뒤 우동을 끓여 먹거나 죽을 만들어 먹을 때 특히 그런 인상이 든다. 라쿠텐치는 가장 처음으로 갔던 모츠나베집인데, 후쿠오카 시내에는 모츠나베 집이 정말 많다. 어딜 가도 실패한 기억이 없는데, 하카타 역과 붙어 있는 쇼핑몰의 식당가에서 먹었던 모츠나베도 맛있었다. 여행 중에 감기기운이 있거나 피곤할 때, 모츠나베를 먹고 맥주를 마시면 잠들 때 승천하는 기분이 든다. 몸을 후끈하게 데워주는 음식.

선지해장국도 자주 먹으러 가긴 하는데, 동생은 선지를 꼭 추가해서 먹고 나는 선지를 남겨서 동생한테 주는 편이다. 특유의 크리미한 식감이 어떤 가게에서는 좋고 어떤 가게에서는 영 별로인데, 내가 선지를 잘 먹는 편이 아니다 보니 그 구분까지는 어렵다. 토요일 아침에 동생하고 해장국 먹으러 자주 다니는데, 내장을 어떻게 손질해 넣느냐가 (선지를 거의 먹지 않는 내게는) 호불호를 가르는 기준이 된다. 화곡동 화곡선지해장국에서 특을 시키면 7천 원인데, 맛있고 양도 많다.

부산 자갈치시장 근처의 양곱창 골목은 몇 번이고 가봤다. 갈 때마다 다른 집에 가게 되는 것 같은데 대체로 맛이 있다. 구이로 곱창 요리를 먹을 때는 대체로 흰 것과 붉은 것으로 양념 스타일이 나뉘는데, 말할 것도 없이 먹는 순서는 간이 약한 것(흰 것)에서 간이 센 것(붉은 것)으로 해야 한다. 냉난방 효율이 썩 좋은 곳은 아니라, 겨울에 가면 꼬리가 길어 문을 열고 다니는 손님이 담배 피러 들락날락할 때마다 손이 겨울바람에 곱아들고, 여름에는 불을 때면서 먹는 요리다 보니 땀범벅이 된다. 어느 쪽이든 먹고 나오면 전신에서 고기양념 냄새가 풍겨서 당황스러울 정도가 되긴 하지만.

무이키콩지는 홍콩 몽콕에 있는 콩지 요리점이다. 콩지는 한국식으로 말하면 죽. 중국식 죽은 밥알이 어느 정도 살아 있는 한국식 죽과는 좀 다른데, 일단 토핑이 다양하다. 생각할 수 있는 거의 모든 것을 넣어 먹는다는 느낌이다. 내장이 들어간 콩지를 시키면 흰 쌀죽에 익힌 내장을 넣어준다. 언젠가부터는 홍콩에서 아침식사를 호텔에서 먹거나 숙소에서 전날 사둔 음식으로 해결하는 대신 꼭 나와서 콩지를 먹고 있는데, 죽요리 특유의 속을 달래주는 효과가 좋다. 콩지 그릇 크기가 한국 죽 전문점 그릇 크기의 절반 정도라 양도 딱 적당하고, 간장을 같이 주기는 하는데 콩지에 부어 먹으라는 게 아니라 고명을 찍어 먹으라는 용도. 콩지 자체에 짭조름하게 간이 잘 되어 있다. 유학생활을 하는 친구들은 한국음식 먹기 어려울 때 감기기운이 있으면 중국식당에 가서 콩지를 먹곤 하더라. 콩지를 시킬 때는 유타오라고 부르는 튀긴 빵을 함께 시킨다. 유타오를 콩지에 넣고 부드러워지면 같이 먹는데, 콩지가 짭조름한 맛이라면 유타오는 쫄깃하면서 고소한 맛이다. 내장콩지는 홍콩 어느 콩지 가게를 가나 먹을 수 있다. 이것도 경우에 따라서는 냄새가 너무 강해서 먹기 어렵기는 했다. 하지만 콩지로 유명한 가게들에서는 거의 실패하는 적이 없는데다가, 한국에서 먹는 것과는 조금 다른 식감이라(크리미 vs 쫄깃쫄깃) 좋았다.

신림순대타운에는 중학생 때부터 갔다. 거기까지 안 가도, 봉천동과 신림동 시장에서 순대볶음을 다 취급했고, 나도 중학생 때부터

단골집이 두 곳 정도 있었다. 전부 아주머니 혼자 일하시는 집들인데(규모가 큰 곳에서 아르바이트를 쓴다고 해봐야 철판 닦고 음료 갖다 주는 정도) 자리에 앉으면 사이다 한 병과 익힌 간(소금과 깨소금을 뿌리고 참기름을 두른)을 한 접시 준다. 여기는 나보다는 동생이 자주 가던 곳으로, 지금은 나도 순대볶음을 먹을 땐 이곳으로 간다. 신림순대타운이라는 곳도 건물이 여럿인데, 쌈지라는 곳을 자주 갔었다. 몇 달 전에 그곳 이모님이 "이번 주까지만 해"라면서 마지막이니까 서비스로 평소보다 더 맛있게, 많이 만들어주셨던 기억이 있다. 다 먹지 못하고 남겼는데 그게 마음의 짐으로 남아 있다. 이모님, 오래오래 건강하세요.

어쨌거나 그 이후에 마음 붙일 곳을 찾지 못해 방황기를 거치긴 했지만, 결국 입에 맞는 곳을 찾게 되었다. 순대타운 가게들 중에는 전라도 지명을 쓰는 가게들이 유독 많은데, 전라도가 워낙 음식이 맛있기로 유명한 곳이기도 하지만, 그곳에서 일하는 이모님들의 인생역정을 약간이나마 헤아릴 수 있는 단서이기도 할 것이다.

홍콩에서 먹는 내장 요리 중에는 익힌 뒤 차게 식혀서 꼬치로 먹는 길거리 음식이 있다. 길거리에서 사람들이 먹고 있는 걸 보고 따라 사먹었는데, 내장 요리를 좋아하는 사람이라면 싫어할 수가 없는 맛이다. 또 다른 길거리 음식으로는 카레 같은 색의 소스에 볶아주는 내장 요리도 있다. 현지인들이 몰려 있는 곳에서 내장 요리를 사먹어서 실패한 기억이 없다.

이건 좀 다른 이야기인데, 내장 요리를 파는 노점이 있는 골목이라는 곳은 대체로 명품매장이 즐비한 대로변과는 (물리적으로나 심리적으로나) 거리가 좀 있다. 상하이에 갔을 때, 동생이 맛있다는 노점을 알아와 겨우겨우 찾아갔는데, 골목 초입부터 도살장 냄새와 시궁창 냄새의 콜라보가 요란하게 올라와 나는 "포장해서 숙소 가져가 먹자"고 설득을 시작했었다. 노점에 갔더니, 그 특유의 젖은 아스팔트 옆에, 청결이라는 말을 모르는 것으로 보이는 소쿠리에 온갖 재료들이 서른 가지쯤 늘어서 있고, 그 한복판에 원래 검은지 기름때로 검어 보이는지 알 수 없는 검은 철판이 있고, 요리사로 보이는 남성이 철판 뒤에 서 있었다. 국수와 볶음밥 두 가지 정도를 포장으로 시켰는데, 아니나 다를까, 노골적으로 바가지를 썼고 항의도 못했고 기분은 안 좋아졌다. 그러다 문득 따뜻할 때 맛이라도 보자는 생각이 들어 젖은 아스팔트 바닥에서, 노점의 요리사가 지켜보는 가운데 포장을 열고 국수를 한입 맛을 보았다.

그때까지 내가 중국에서 먹은 음식 중에 탑5 안에 드는 국수와 볶음밥이었다. 밥은 역시 청결과는 거리가 있어 보였는데, 너무 맛있었다. (참고로 우리는 한 시간 전에 분위기 좋은 곳에서 저녁식사를 거하게 마친 참이었다.) 우리 셋은 또 말없이 국수를 다 먹었고, 다른 봉지도 열어서 다 먹었다. 이렇게 맛있는 볶음밥을 왜 이런 허름한 뒷골목에서 막 만들어주는 거냐고. 잊을 수 없을 정도로 맛있어서, 다음날 다시 갔다. 아저씨는 우리를 알아보고 서투른 영어로 맞아주었고, 우리는 그날도 바가지를 썼다.

먹어본 내장 요리 전부도 아니고 좋아하는 것만 적어도 끝이 없다. 내가 이렇게나 내장 요리 마니아였단 말인가. 얘기가 너무 길어지는 것 같으니 한 가지 요리만 더 얘기하고 끝내겠다.

일본 홋카이도에서 빼놓지 말고 먹어야 할 요리는 수프카레다. 홋카이도 지역은 우유와 모든 농작물이 최고로 맛있다. 당근과 브로콜리, 옥수수, 감자, 아스파라거스, 피망, 가지가 옵션으로 선택 가능한 고기 요리가 카레 국물에 담겨 나오는데, 맛집이라는 곳을 가든 그냥 눈에 띄는 곳을 가든 매번 맛있게 먹은 기억이 있다. 특히 엄혹한 홋카이도의 겨울에 여행하는 사람이라면, 첫입을 먹은 순간 뭐라 말할 수 없는 내면의 포효가 전신을 울리는 감동에 젖어들 것이다. 역시 맥주와 잘 어울린다.

수프카레에 들어가는 고기는 (홋카이도니까 역시) 양, 닭, 돼지, 소 등 다양한데, 가게마다 고기를 익히고 넣는 스타일이 다 다르다. '수프카레'라는 표준의 양식이 단일하게 존재한다기보다는, 떠먹을 수 있는 수프 국물에 자기 가게 방식으로 채소와 고기를 넣는 식이다.

내장 요리의 최후를 장식할 요리는 바로 모츠수프카레. 곱창이 들어간 수프카레인데, 혼자 먹으러 갔을 때 벽을 보고 앉아 속으로 환호하며 한 그릇을 싹 비운 요리다. 한국식 카레를 떠올리며 수프카레를 상상해서는 절대 안 된다. 이건 정말 먹어봐야 아는 맛. 수프를 만드는 가게마다의 비법도 있겠으나, 역시 요리가 맛있으려면 식재료가 맛있어야 한다.

mystery

of

mysteries

여행에서 찍어온 사진을 보면서 이해할 수 없는 일이 몇 가지 있었다. 그중 하나는, 가장 좋았던 장소 사진이 가장 별로라는 데 있었다.

교토 역에 도착해서 외국인 관광객이 한 명도 없는 버스를 타고한 시간을 가 종점에서 하차했다. 종점에서 종점으로의 여정이었다. 목적지는 오하라. 따뜻한 차창에 기대어 나는 자다 깨다를 반복했다. 버스가 명실상부한 시골길로 접어들고도 한참을 갔다. 차에서내렸을 때 체감온도는 교토 시내에서보다 1도 정도는 능히 낮은 상태였다. 그날의 첫 번째 목적지까지는 오르막길로 20분 정도를 걸어야 했다. 사람 두 명이면 꽉 찰 만한 좁은 길 왼편으로 각종 먹거리 가게들이 들어차 있었다. 목적지였던 큰 절을 보는 데만 한 시간 정도 걸렸던 것 같다. 그러고 나와서 내친 김에 몇 곳의 말사들까지 보자고 생각했다. 그렇게 찾아들어간 곳이 이번 휴가 최고의 장소로 기억에 남았다. 언뜻 봐도 작은 절인데 입장료가 무려 700엔. (보통 큰 절이라고 해봐야 500엔 받는다, 600엔도 비싼 축에 속한다. 작은 절은 보통 300~400엔.) 잠시 망설이다가 버스 타느라 들인 시간이 아까워서 돈을 내고 들어갔다.

입구에는 큰 나무가 있다. 소나무의 엄청난 크기에 다른 것은 밖에서 볼 수도 없다. 게다가 절은 실제로도 아주 작은 크기다. 절의 정원이 볼거리의 전부인데, 가레산스이(물을 쓰지 않고 돌과 모래로 산수를 표현하는 정원) 같은 건 들어갈 공간도 없다. 소나무와 단풍나무, 그렇게 두 그루만으로 이미 시야가 꽉 차기 때문이다.

정원 뒤로는 대밭이 있고, 왼쪽에는 수백 년은 거뜬히 살았을 소나무가, 오른쪽에는 소나무보다 더 살면 더 살았을 단풍나무가 있다. 그 사이로 미친 듯이 햇살이 쏟아져 들어온다. 그렇다고 입장료 700엔이 풍경 때문에 정해진 금액은 아니다. '맛차' 쿠폰이 붙어 있어, 입장하고 나면 차를 한 잔씩 주는 식이다.

마루 쪽에는 빨간 피아노 덮개 천 같은 게 일렬로 깔려 있다. 그 천 안쪽으로 사람들이 일렬로 앉는다(지하철 승강장의 노란선 뒤로 물러서듯이 말이다). 그리고 쿠폰을 주면 절의 아주머니들이 나와 따뜻

한 맛차와 팥떡을 준다. 작은 쟁반을 사람들 앞에 두고 두 손의 끝부분을 겹쳐 바닥에 대고 허리를 숙여 절을 하며 "기다리셨습니다"라고 인사한다(좀 더 인적이 드문 절에 가면 "볕이 드는 곳에서 몸을 따뜻하게 하세요"라고 말해준다). 그 때 그 절은 작은 규모에 비해 사람들이 많았으므로 햇빛을 즐기고 빈둥댈 여유는 없었다. 맨 앞줄에 있는 사람에게만 맛차와 팥떡을 주기 때문에 뒷사람들 눈치가 보여서라도 그렇게 할 수가 없었다. 따뜻한 맛차와 달달한 팥떡을 먹으면서 햇빛에 젖은 단풍잎이 바람에 날리는 걸 보고 있으면 눈물이 날 정도로 행복하다.

오하라는 저 때 이후로 몇 번이고 더 갔다. 그중 한 번은, 머물던 숙소의 주인아저씨와 일하는 아주머니가 새벽시장에 채소를 사러 간다며 같이 가겠느냐고 물었을 때였다. 새벽 6시인가 차를 타고 오하라 시장에 갔다. 아침에만 서는 장이라고 했다. 말도 안 되게 싼 가격에 싱싱한 채소가 그득. 가는 길에는 야사이산도(야채샌드위치)를 잘하는 집이라고 부러 차에서 내려 사먹었는데, 식빵에 버터를 발라 오이와 토마토를 넣은 게 전부인 샌드위치 맛이 어찌나 뛰어난지 눈물을 흘릴 지경이었다. 오하라의 시장에서도 간식을 사먹었다. 오하기라고 부르는 음식으로, 둥글고 넓적하게 눌러 만든 밥에 단팥을 한 겹 두른 음식이다. 밥인데 단 밥이다. 처음엔 괴식 같았는데, 먹을수록 맛있어서 결국은 두 덩어리를 다 먹어치웠다.

걷는

여행

"안녕하세요, 내 이름은 엠마 게이트우드이고 애팔래치아 트레일을 혼자서 완

주하고 있는 첫 번째 여성입니다."

　- 《할머니, 그만 집으로 돌아가세요》, 벤 몽고메리

건강에 문제가 생겼을 때, 의사의 조언은 운동도 하지 말라는 것

이었다. 뭘 해도 위험하니 그냥 푹 쉬고, 운동은 날마다 15분 정도

걷기로 '시작'해보자고. 15분, 그까짓 거. 호기롭게 생각했지만 몇 가

지 조언이 있었다. 중간에 쉬지 말고 걸을 것. 몸에 물건을 지니지

말 것. 자세를 바르게 하고 호흡에 신경 쓰며 걸을 것. 첫날 산책을

나갔다가 별것 아닌 듯하던 조건들의 뜻을 알게 되었다. 나는 여느

때처럼 스마트폰을 가지고 나가서 음악을 들으며 걸었고, 음악이 지루하면 다음 곡으로 넘기거나 팟캐스트를 틀었다. 야구 스코어 확인도 했다. 누군가가 문자를 보내면 답을 했다. 그냥 자세를 바르게 하고 앞으로 걷는다. 그 한 가지가 영 쉽지 않았다. 이튿날부터는 스마트폰으로 '방해'받지 않기 위해 주의했지만, 정말 15분, 기껏해야 한 시간을 걷고 나면 지루하다는 생각을 가장 먼저 했다. 동네 공원의 산책로를 빙글빙글 도는 일은 날씨가 특별히 아름다운 봄과 가을이 아니라면 즐겁지 않았다. 어디로든 향하고 싶었다. 여행을 좋아하는 이유는, 어디로 떠나든 많이 걷기 때문이다. 서울에서는 하루 한 시간도 걷지 않는 날이 허다한데(만보계로 측정하니 마감인 날은 하루 3천 보를 채 걷지 않고, 주말에는 1만 보를 걷는 정도다), 여행을 가면 일단 세 시간에 한 번 앉을 뿐으로 거의 걷게 되니 몸이 훨씬 편해진다는 느낌으로 귀갓길에 오른다.

걷기에 대한 글은 많고도 많다. 그중 가장 좋아하는 작품이라면 온다 리쿠의 《밤의 피크닉》이다. 어느 고등학교에서 매년 보행제가 열린다. 24시간 동안 80킬로미터를 걷는다. 중간에 앉아서 쉴 수 있게 되어 있고, 식사와 밤의 수면시간도 있다. 하지만 전체 구간을 걸어서, 친구들과 함께 이동한다. 걷기 어려운 학생이라면 초반에 포기할 수도, 중간에 구급버스를 탈 수도 있다. 1학년, 2학년 때에는 별 의미를 찾기 어렵던 보행제는 3학년에 이르면 '학창시절 마지막 추억'으로 자리 잡아, 졸업생들이 보행제를 그리워한다는 말이 더해져, 가능한 완주하고 싶은 추억 만들기가 된다. 왜 1천 명이 넘는 학생들을 밤새 걷게 하는 학교 전통이 있을까를 불만 섞인 마음으로 지켜보던 이들을 설득하는 것은, 역시 온다 리쿠의 문장들이다. 살고 있는 동네를 80킬로미터나 걷는다는 것은, 평소에 가지 않던 지역으로 들어선다는 뜻이 된다. 간략화된 지도와 노선도로만 세상을 바라보다가, 선과 면, 최적의 거리가 아니라 그냥 이 세계의 모든 곳에 세계가 존재한다는 사실을 발견하게 된다. 출발한 직후에는 쉬지 않고 떠들던 학생들은 몸이 피곤해지면서 점차 말수가 줄어든다. 그리고 저마다의 생각에 잠긴다.

"일상생활은 의외로 세세한 스케줄로 구분되어 있어 잡념이 끼어들지 않도록 되어 있다." 매 순간 묻지 않아도 다음 일을 진행할 수 있도록 짜여진 일과에서 벗어나, 일단 계속 걷는다. 나는 누구인가. 앞으로 나를 기다리는 것은 무엇이며, 나는 무엇을 얻고 싶은가. 평소라면 다음 일을 하기 위해 옆으로 치워두었던 질문들이 날개를 편다. 이 소설은 낮과 밤으로 나뉘는데, 낮에는 아이들의 사연을 소개한다면 밤에는 갈등이 증폭되고 미스터리가 조금씩 풀리고 누군가는 중요한 마음의 결정을 내리는 식이다. 밤의 시간을, 보통 때라면 집에서 쉬며 혼자 견디거나 잠을 청할 시간을, 길 위에서 보낸다는 일의 박력으로 그려낸다.

24시간 동안 80킬로미터를 걷다니 고등학생들이나 할 수 있는 일이지. 그런 생각을 한다면 《할머니, 그만 집으로 돌아가세요》라는 책을 읽어보면 좋겠다. 엠마 게이트우드는 미국의 애팔래치아 트레일을 완주한 최초의 여성이다. 벤 몽고메리가 엠마 게이트우드의 그 146일 3,300킬로미터의 여정을 쓴 책이 바로 《할머니, 그만 집으로 돌아가세요》다.

이 책에는 큰 단점이 있다. 그것부터 말하고 싶다. 이 책의 원제는 이렇다. 'Grandma Gatewood's Walk: The inspiring Story of the Woman who Saved the Appalachian Trail'. 한국어판 제목과의 차이가 보이는지? 35년간 남편의 폭력에 시달리며 열한 명의 아이를 키워낸 여성이 67세의 나이에 짐을 담은 자루 하나와 200달러를 챙겨 1955년 5월 3일부터 146일 동안 훼손된 애팔래치아 트레일을 살려낸 이야기의 한국어판 제목은, 집으로 돌아가라는 말이다. 우연한 도보 여행도 아니고 최선을 다한 준비가 사전에 있었다. 출발 1년 전에는 주급 25달러를 받고 요양원에서 일하며 여행 경비를 모았고 마침내 국가에서 지급하는 최저 연금을 받을 수 있는 나이가 되었다. 처음에는 동네 한 바퀴 걷기로 시작해서, 하루에 15킬로미터 이상을 걸을 수 있을 때까지 체력을 단련했다. 자녀들에게는 잠시 어디 좀 다녀오겠다고 말한 게 전부였지만, 이후 그녀의 도보여행 소식은 들불처럼 번져나가 언론, TV쇼, 미국 국회의 관심을 받게 된다. 다들 왜 그녀에게 길을 나섰느냐고 묻고자 했고, 가볍게 대답했지만, 그녀가 길을 떠난 진짜 이유만큼은 분명했다. 그 이유는 부러진 이, 금이 간 갈비뼈와 관련이 있었다. 떠난 이유가 이럴진대, 누가 누구에게 집에 돌아가라고 말한다는 말인가.

그런 말을 하는 사람들은 책 속에도 나온다. 걷기 시작하고 며칠 지나지 않아 잠잘 곳을 청하느라 어느 부부의 집을 찾았을 때, 그런 일이 벌어진다. 집주인인 남자는 엠마의 신분증을 살핀 뒤 묻는다. "가족들이 허락을 해주었다고?" 말을 하지 않았다고 하자 그는 대꾸한다. "그러면 집으로 돌아가는 게 낫겠구먼. 여기서 재워줄 수는 없어요." 엄연히 책 속에 나오는 문장이고, 그런 사람들의 편견을 이겨냈다는 점을 높이 사기 위한 제목일지는 모르지만, 애석하게도 편견을 답습하는 인상이 훨씬 강하다.

애팔래치아 트레일은 세상에서 가장 길게 이어진 도보여행길이라고 한다. 미국 조지아 주에서 메인 주에 이르는 이 길은 이후 빌 브라이슨도 완주에 도전해 《나를 부르는 숲》이라는 책을 썼다. 빌 브라이슨의 책을 읽어본 사람이라면, 떠나겠다는 호기로운 결심부터 이미 실패의 쓴 냄새가 코를 찌른다는 사실에 놀라지 않겠지만. 실제로 엠마가 애팔래치아 트레일에 대해 처음 알게 된 1949년 8월 호 〈내셔널 지오그래픽〉에 따르면 그때까지 트레일 전체를 쉬지 않고 한 번에 걸어 종주한 사람은 공식적으로 단 한 사람으로, 얼 셰퍼라는 스물아홉 살의 남성 군인이었다. 이후 7년간 다섯 명만이 성공했다. 엠마는 사실 전년도에 이미 같은 여정을 떠났다가 길을 잃고 구조되어 집으로 돌아간 적이 있었다. 가족에게는 말하지 않았지만.

엠마는 두 번째 시도도 가족에게 알리지 않고 시작했지만, 곧 기자들이 그녀를 발견한다. 계속해서 기자들이 길 위의 그녀를 찾아온다. 엠마에게는 침낭이 없었다. 추운 밤을 보내는 방법은, 납작한 돌을 불에 달궈 품고 자는 것이다. 이후 미국 전역에서는 엠마가 어느 지점을 지났는지 알 수 있게 된다. 사람들은 뉴스를 보고 그녀를 찾아오기도 했다. 폭우와 홍수 역시 그녀를 쫓아와 때로는 위험한 순간을 만들기도 했다. 안경테가 부러지는 일도 있었고, 추운 날이면 무릎 통증이 심해졌고, 종종 길을 잃어 되돌아가 다시 걸어야 했다. 누군가가 숙소를 제공하며 차를 태워준다면, 이튿날은 전날 차를 탄 곳으로 돌아가 다시 걷기 시작했다. 트레일은 곳곳이 훼손되어 있어서, 걷기 어려울 뿐 아니라 무릎에 치명적인 악영향을 주어 여정의 후반부에 이르러서 엠마는 한쪽 다리를 절었다.《할머니, 그만 집으로 돌아가세요》는 엠마의 트레일 걷기와 과거사를 교차해 보여준다. 남편과 이혼한 뒤 일을 하고 아이들을 키우며 시를 쓰던 삶을.

어쨌거나 엠마는 마지막 코스에 돌입한다. 한때 헨리 데이비드 소로가 "이 땅은 사람을 맞을 준비가 되어 있지 않다"고 적었던 그곳을. 엠마는 완주했고, 엠마 덕분에 애팔래치아 트레일을 모르는 사람이 없게 되었다. 호킹힐스 주립공원에는 '게이트우드 할머니 트레일'도 있다. 그녀가 생전에 좋아하던 곳이었다.

리베카 솔닛의《걷기의 역사》에는 "길이란 저 풍경을 가로지르는 제일 좋은 방법에 대한 중요한 해석 중 하나다"라는 말이 있다. 정해진 길을 따라간다는 것은 바로 그 해석을 받아들이는 행위일 수 있다는 뜻이며, '순례길'을 따라 걷는다는 의미 역시 마찬가지일 것이다. 애팔래치아 트레일을 따라 걷는 방법도 있겠지만, 그 여정을 책으로 함께한다는 것 역시 길 위에 잠시나마 함께 하는 방법이 된다. 하지만 역시, 길 위에 있는 것은 읽기나 보기로 대체가 불가능하다.

《할머니, 그만 집으로 돌아가세요》에는 내가 오래 품어온 질문이 등장한다.

책을 쓴 벤 몽고메리는 친구 부부가 1982년 콜로라도 주의 파이크스피크에 오른 이야기를 듣는다. 사나흘이 지나자 부부는 완전히 지쳐버리는데, 어느 바위에 박혀 있는 청동판이 그들 눈에 들어온다. 1957년에 그 산에서 죽은 사람을 기리는 기념물이었다.

"이네스틴 로버츠의 명복을 빌며.
파이크스피크를 열네 번 오른 끝에
이곳 수목한계선에서 88세를 일기로
세상을 떠나다."

그리고 벤의 친구는 묻는다. "나이 든 노인들과 산 사이에 무슨 공통점이라도 있는 걸까?"

나도 그것이 정말 궁금하다. 책을 끝까지 읽어도 저 궁금증에 대한 답은 없더라고.

여름으로
가는
문

치자꽃이

핀

밤

집에 들어선 순간 불이 꺼진 중에도 '우리 집이다'를 알게 하는 것은 냄새다. 문을 열자마자 나는 집 냄새가 있다. 남의 집에 들어서서 가장 생경하게 느끼게 되는 것 역시 냄새다. 집으로 향하는 골목길 역시, 특유의 냄새로 날 맞는다. 냄새라는 말이 나와서 말이지만, 여행지에서 시간을 오래 보내면 가장 실감나게 달라지는 것은 화장실에서 일을 본 뒤 맡는 냄새다.

언젠가 집 앞에서 한참을, 들어가지 못하고 서 있었던 밤이 있다. 무서운 일은 아니었다. 그 일은 다시는 반복된 적이 없기 때문에, 이상한 꿈을 꾼 것 같은 경험이었다. 낯선 곳에 있는 그 기분 그대로를, 가장 익숙한 골목 안에서 느꼈다.

늦은 밤 귀가하는데, 집 근처에서 희한한 향기가 났다. 요사스럽다는 단어가 부족하게 들릴 정도로, 마치 노래를 부르는 듯 강렬하고 그냥 지나칠 수 없을 정도의 향이었다. 그게 무엇이었는가 하면, 바로 치자꽃이었다. 집 근처에 무슨 보살을 모신다는 점집이 있었는데, 그 집 앞에 평소 기억도 나지 않던 큰 화분 하나가 놓여 있었고, 거기에 종이꽃 같은 희고 큰 꽃이 피어 있었던 것이다. 그때까지 향수로만 맡아봤다, 치자꽃 향을. 도시에서 자란 데다 게으르기까지 한 사람답게 나는, 동물과 식물에 관해서라면 글과 그림이 실물보다 친숙한 사람이었다. 그게 치자꽃인지도 처음엔 잘 몰랐다. 다만, 점집 앞에 놓인 화분과 그 화분의 꽃나무, 거기 핀 커다랗고 두껍고 비현실적인 흰 꽃, 그리고 골목에 가득한 향. 신을 모신다는 점집 앞에 있을 만한 꽃이라는 생각이 들 정도로 괴괴(怪怪)한 꽃에 선명한 향이었다.

나이를 먹으면 꽃이 예뻐 보인다고들 한다. 실제로 다들 그런지, 잘은 모르겠다. 다만 나로 말하면 점점 꽃에 예민해진다. 봄에 꽃놀이를 위해 여러 곳에 다닌다.

지금은 나무와 관련된 책들을 만드는 J선배가 홍콩에 다녀온 뒤에 S가 말했다. 홍콩에서 꽃 사진 찍어온 사람 처음 봤다고. '백만 불짜리 야경'으로 유명한 도시 홍콩은 도심 전체가 빌딩숲이다. 구룡공원 같은 녹지가 없지는 않지만, 홍콩섬의 센트럴 지역에는 가로수조차 없다. 그런데도 J선배는 꽃 사진을 잔뜩 찍어온 것이다. 그런데 나도 언젠가부터는 홍콩에서 꽃 사진을 찍는다. 공항에서 시내에 들어가는 AEL을 타면 가장 먼저 눈에 들어오는 것은 바다와 나무와 꽃이다. 한국에서 보던 것과 다른 꽃이 핀다. 기후가 다른 나라에서 가장 먼저 눈길을 끄는 것은 그런 식물들의 생김이다.

사계의 흐름을 철마다 피는 꽃으로 알아간다. 여름이 오기 전 고궁에 가서 모란을 알고, 겨울 끝물의 서해안에 가서 '동백 쭈꾸미 축제' 현수막이 붙은 걸 보고 동백과 쭈꾸미가 같은 철의 생물임을 알게 된다. 와중에, 쭈꾸미는 1년 내내 먹지만, 꽃은 그 철이 지나면 보지 못하니까. 작약과 튤립이 피는 계절에는 꽃시장에 간다. 꽃놀이라고 부를 때는 벚꽃 이야기지만, 4월 말, 5월 초의 왕벚꽃은 언젠가부터 벚꽃보다 더 좋다. 도심에서 뜬금없이 꽃이 핀 라일락 한 그루와 마주쳤을 때 그 곁에서 코를 들이미는 습관은 나 하나만의 것은 아니리라. 등꽃 아래에서 말을 잃고 하염없이 늘어진 그 꽃을 바라보는 일은 질리는 법이 없다. 비명을 지르듯 하룻밤새 작은 꽃동산을 만들어내는 진달래와 철쭉은 늘 구분이 어렵다. 진달래와 철쭉은, 빨치산이 마지막까지 싸웠다는 지역에 가면 그 역사와 함께 이야기되는 꽃이기도 하다.

제주도를 상징하는 꽃은 내게는 유채꽃보다는 수국. 장마철 미인

이라고 할 수 있는 수국은, 그 좋은 계절 제주도의 어디에나 있고, 젖어있을 때 배는 더 아름다워지고, 꽃이 만발해도 특유의 파스텔 톤 고요한 인상 그대로라(예컨대 목련은, 내 친구의 말을 빌면 폭발하듯 피고, 매미처럼 진다. 모든게 갑자기 팟, 팟, 팟이다. 향이 강한 매화나 라일락, 아카시아 같은 꽃들도 존재감이 화려하다), 옆을 지날 때 말소리를 죽이게 된다. 제주도에 수국이 가장 아름답던 계절에 방문한 적이 있다. 버스정류장에서부터 집까지 30분, 등도 없는 어둑한 밤에 오솔길을 걷던 시간을 잊을 수 없다. 수국의 계절이 모퉁이 뒤에서 나를 기다리고 있을 때마다, 그 고요한 만개의 풍경에 마음이 설렌다.

최애꽃은 지금으로서는 매화다. 코끝이 아직 싸할 정도로 추운 날, 비가 막 개인 청명한 공기 사이로 은은하게 암향暗香이 안개처럼 흘러 나를 감싸는 기분은 예외 없는 기쁨이 된다. 매실나무 숲을 뜻하는 매림梅林은 일본어로 '바이린'이라고 읽는데, 한국에서 제법 먹을 만한 일본 돈가스 집 이름에도 '바이린'이 들어간다. 개인적으로는 겨울에 유난히 안 좋은 일이 많았는데, 그 끝 무렵에 암향을 맡으면, 슬픔의 끝에 마침내 봄이 오는구나 하는 생각에 숙연해지곤 한다. 그래서 이 순간이 되면 암향을 맡기 위해서 어디든 간다. 멀리떠나지 못할 때를 대비해, 산책로 중간에 매화나무가 어디에 있는지 정도는 미리 파악해 두었다. 겨울 끝날 무렵의 산책로는 그래서 평소보다 약간 우회하는 걸로. 밤마실에 맡는 암향 만한 신비가 또 있을까 싶다.

　충무로 한옥마을을 관통해야 회사에 출근하던 때가 있었다. 거리
는 멀지 않았지만 엄연히 남산 자락의 오르막길이었다. 이 출근길을
오가던 2년여의 시간 동안, 나는 서울에 대해 조금 더 알게 되었다.

　첫 출근 날이었던가, 아니면 회사가 이사를 한다고 해서 출근했
던 날이었던가. 어쨌든 남산 사무실에 처음 가던 날이었다. 정확히
말하면 대중교통을 이용해 그 회사로 가는 최단거리 코스는 충무로
역에서 내려 한옥마을을 관통해 후문으로 나가는 것이었다. 그런데
나는 어쩐 일인지 길을 잘못 들었다. 교통방송(지금은 상암동으로 이
사했다)을 지나 서울유스호스텔을 지나 계속 올라갔다. 그날은 비가

내리고 있었고, 나름 산길이라 운치 있다고 생각했다. 유스호스텔도 지나쳐 계속 걷는데, 아무리 살펴봐도 어딘지 모르겠는 상황에 처했다. 왕복 2차로의 차도가 있었고, 큰길과 면해 있었지만 남산 1호 터널로 가는 길에서 1층 정도 더 높은 길을 걸어야 했다. 비가 와서 낮인데도 흐릿했던 날, 오싹한 기분을 느낀 이유는 눈앞에 보이는 터널 때문이었다. 터널은 반대편 끝이 보이지 않고 그냥 검은 입을 벌리고 있었다. 그제야 뭐가 잘못됐다고 생각했다. 회사 선배에게 전화를 걸었다. "그 길이 맞아." 직진하면 구름다리가 나온다고 했다. "선배, 여기 지금 구름다리 같은 건 없고 터널만 있어요." "그 길이 맞다니까. 계속 앞으로 오면 구름다리가 있어." 왜 서울 한복판에 이런 으슥한 동굴 같은 터널이 있는지, 대체 이 길 끝에 뭐가 있는지 알 수 없는 채로 걸었다. 터널 직전에, 구름다리가 나왔다. 그걸 건너 회사로 갔다. 터널 앞 정면에서 보니 터널은 길어서 검게 보인 게 아니라 짧은데 완전히 방향이 꺾여 있어서 캄캄하게 보인 것이었다. 이상한 동네네.

회사에 택시를 타고 들어갈 때면 그 길로 가다가 터널 앞에서 내려 구름다리를 건너야 했다. 어느 날 택시운전사가 말했다. "아, 거기. 예전에 고문실 있던 거기죠?"

종종 터널 앞에 세워달라는 말을 하면 묻는 경우도 있었다. 약간 질린 목소리로 "차를 어디서 돌려야 하죠?" 답은 이것이다. "터널 지나시면 차 돌리실 수 있어요."

한번은 야근을 위해 해진 뒤 저녁을 먹고 여자 기자 넷이 택시를 타고 역시 그곳에서 세워달라고 했다. 해가 진 뒤라 그 터널 앞에서는 그냥 캄캄한 어둠만이 보였다. 낮에는 건너편이 보이기라도 하는데. 택시운전사가 물었다. "난 어디로 가야 하는데? 아가씨들은 어디 가요?" 여자 귀신 넷처럼 보였던 모양이다. 터널 너머에는 서울시청 별관이 있었다. 하지만 원래는 남산 대공분실로 알려져 있던 건물이다. 그곳을 지날 때면 늘, 누가 이런 길을 만들었을까 오싹한 마음이 들었다. 서울 시내 한복판이고 큰 도로가 바로 옆에 있는데도, 도로는 눈에 들어오지 않고 터널은 무한히 길고 어두워 동굴처럼 보인다. 그 길을 끌려가던 사람들이 느꼈을 공포감이라는 것은 내가 감히 상상도 할 수 없는 성질의 것이리라.

그 아래쪽에는 구 교통방송 사옥이 있다. 그 건물 역시 안기부에서 쓰던 건물이라고 했다. 그 인근에는 그렇게 어딘지 이상한 느낌을 주는 건물이 많이 있다. 남영동 대공분실까지 멀지도 않다. 교통방송에서 일하던 지인은, 밤에 회사에서 일하다 잠든 사람들이 본 귀신들 이야기를 해주었다. 믿거나 말거나지만, 한 번은 나도 겪었다. 당시 일본어 라디오 방송에 출연을 하러 교통방송에 갔는데, 일본인 진행자 둘이 스튜디오에서 먼저 녹음을 하고 있다가 잠시 쉬던 중에 깜짝 놀라서 피디에게 묻는 소리가 들렸다. "지금 들었어? 비명소리 들었어?" 헤드폰을 끼고 있던 두 사람 귀에 비명소리 같은 게 들렸다고 했다. 피디는 아무 소리도 듣지 못했다. 그 옆의 나 역시. 녹음중이 아니어서 녹음된 소리도 없었다. 두 진행자가 잠시 놀란 가슴을 쓸어내리고 곧 녹음은 재개되었다.

한옥마을로 말하자면, 나는 회사가 그쪽으로 이사 가기 전까지 단한 번도 가본 적이 없었다. 혹시 안 가본 사람들을 위해 말하자면, 그곳은 조경이 아주 근사하게 된, 그리고 유서 깊은 한옥들을 '옮겨다 놓은' 곳이다. 이른 봄밤이면 매화 향기가 달빛처럼 어딘가에서 흘러와 스미고, 여름에는 한옥 담장 위로 깡총하니 백일홍이 피고, 가을이면 선선한 가을바람 사이로 단풍이 저마다 손을 내민다. 겨울, 눈이 유독 많이 온 날의 설경은, 출근길인 것도 잊고 몇 번이고 심호흡을 하고 바라볼 정도로 아름다웠다. 봄가을이면 종종 저녁을 먹고 후문 근처의 정자나 의자, 큰 돌에 걸터앉아 있곤 했는데(일주일에 한 번 새벽까지 일해야 하므로 이런 시간이 적지 않았다) 해가 진 뒤 거기 앉아 있으면 연인들이 오는 모습을 자주 볼 수 있었다. 최소한 둘 중 한 사람은 분명 이곳을 답사했을 것이다. 인적이 드문데 운치 있는 장소. 사실 나와 동료가 앉아 있곤 하던 곳은 딱 그렇게 나란히 앉아 있다가 스킨십을 하기 좋은 곳이기도 했다. 사람이 없겠거니 하고 올라오다가 우리를 발견하고는 괜히 아래 보이는 한옥마을을 구경하며 멋쩍어하다가 사라지는 커플이 다섯 쌍이 넘었을 때, 너무 방해하는 기분이 들어 자리를 피해준 기억도 있다.

한옥마을의 스킨십 명당으로는(내가 해보고 말하는 것이면 제일 좋을 텐데, 불행히도 내가 목격한 것밖에 얘기할 게 없다) 타임캡슐이 묻힌 곳이 있다. 한옥마을에는, 1994년 서울정도 600주년 기념으로 묻은 타임캡슐이 있다. 여기 어떤 물건들이 들어 있는지 목록도 볼 수 있는데, 한국인의 당대 문화를 담는다며 넣은 기기묘묘한 것들이 말도 못하게 많은 가운데 내가 잊을 수 없는 것은 바로 '정력팬티'였다.

남산한옥마을에는 한옥들 쪽도 한적하지만 진짜 인적 드물기로는 타임캡슐 있는 곳만 한 데가 없었다. 한옥마을을 크게 한 바퀴 돌며 산책을 하다가 타임캡슐을 보러 방향을 튼 순간 그 안쪽에서 후다닥 뛰어나가는 커플을 발견. 아, 죄송합니다.

내가 그곳에서 회사를 다니던 무렵은 중국인 관광객 러시가 시작되던 초반이었다. 명동과 가까운 충무로역에 숙박하는 외국인 관광객들이 계속 증가했다.

어느 날 퇴근길, 집에 가려고 횡단보도에 서 있는데, 주변 사람들이 갑자기 카메라를 꺼내 뭔가를 찍기 시작했다. 나는 뭘 찍나 싶어 그 방향을 바라보았다. 달 밝은 맑은 가을밤, 남산타워가 등대처럼 솟아 있었다. 출퇴근을 하던 그 길 위에서, 남산타워를 그렇게 바라본 적은 그때가 처음이었던 것 같다. 나도 스마트폰을 켜, 남산타워를 찍었다. 관광객처럼. 그러고 보면 나보다는 관광객이 '서울 명소'에 대해서는 더 빠삭할지도 모르겠다.

동네 산책로에서도 비슷한 경험이 있었다. 밤 산책을 나갔는데, 사람들이 특정 구간이 되면 멈춰서 하늘을 향해 카메라를 들고 있는 모습이 보였다. 걸어서 그곳에 서니 과연, 나무가 울창한 가운데

탁 트인 구역, 대보름의 달이 휘영청 빛나고 있었다. 이걸 찍지 않을 순 없다 싶어서 나도 카메라를 켰다. 아무리 찍어도 내 눈으로 보는 것처럼은 찍을 수 없었다. 그래서 그냥 잠시 벤치에 앉아서 달구경을 좀 더 하기로 했다.

요즘처럼 미세먼지가 일상적일 때는, 유난히 공기가 맑고 날씨가 좋고 노을이 그린 것처럼 화려하게 질 때, 시내 곳곳에서 사람들이 하늘을 향해 스마트폰을 들고 있는 모습을 보게 된다. 콜드플레이 콘서트가 따로 없다.

메 리

고

라운드

혼자 뭘 하기를 어려서부터 좋아했던 나는, 혼자 버스를 탈 수 있게 된 이후로, 특히 동네에 지하철이 개통된 1983년 이후로 멀리 걷기 위해 나가곤 했다. 가장 좋아하는 산책 코스는 뒷산도 집 앞 가로수길도 아닌 주말의 국립중앙박물관과 삼성동이었다. 요즘은 청계천이니 뭐니 주말에도 사람이 북적이지만, 80년대 말부터 90년대 초만 해도 빌딩이 즐비한 그 동네의 주말은 거의 적막하다는 느낌이 들 정도였다. 또한 두 지역의 공통점은 완벽한 평지라는 것이었다.

시청역에서 내려, 지금은 없어진 옛 국립중앙박물관으로 갔다. 그리고 국립중앙박물관에서 내가 좋아하는 몇몇 장소도 있었다.

중앙 로비를 지나 돌계단을 올라, 중정이 내려다보이는 통로의 유리창, 오후의 햇살이 늘 들르는 그곳에 서 있던 기억이 난다. 돌로 지은 국립중앙박물관의 건물은 내가 그때까지 들어가본 그 어떤 건물보다 차분하게 육중했고, 고요하게 주장이 강했다. 그 건물이 조선총독부 건물이 아니었다면 얼마나 좋았을까 생각한 적도 있었다. 그랬다면 그 건물은 지금도 남아 있을 수 있었을 텐데.

그렇게 한 바퀴를 돌고 나서 광화문 사거리의 교보문고에 갔다. 대학생이 되어 과외 아르바이트를 할 때까지 그곳에서 한 것은 책 구입이 아니라 책 구경뿐이었지만.

한 바퀴 돌면 기분이 나아지는 장소들이 있다. 누구에게나 다른 장소들이리라. 이것은 단순한 산책과는 조금 다르다. 특정한 장소여야 하고, 일종의 의식이다. 여행을 가면 이런 한 바퀴 장소들을 금방 찾아내곤 한다.

어려운 일은 아니다. 나는 한 도시 당 최소한 5일 정도는 시간을 들여 보는 편이기 때문에, 도착한 날 하루 종일 걸어 다니며 도시 지리를 대략 익혀나간다. 그렇게 며칠 하다 보면 걷기 좋은 구역이 금방 보인다. 아기자기한 가게들이 줄지어 있는 주택가 한쪽이라든가, 정원이 예쁜 집들이 늘어선 길이라든가, 인근의 공원으로 이어지는 강가의 도로라든가.

서울 시내에서 이런 산책을 부르는 길은, (내 친구들은 다 나와 몇 번씩 이 길을 걸었을 텐데) 경복궁역에서 부암동 주민센터까지의 길과 북촌의 골목을 에두르는 가회동 길, 그리고 시청역에서 정동길을 걸어 도착하는 경향신문사까지의 길이다. 이 길을 나란히 걸으며 대화를 하면 못 할 이야기가 없고, 흘리지 못할 눈물이 없다.

견디지 못할 것 같은 기분이 들면, 정동길을 혼자 걷는다. 비오는 주말 밤의 이 길은 조금은, 살아있기를 잘했다는 기분이 들게 한다.

기온을 따라 걸어 야사카진자를 지나 이노다커피에서 아침을 먹고 기요미즈테라에 들러 지슈진자의 연애운 오미쿠지를 뽑는다.

서울 다음으로 편하게 느끼는 도시이라면 역시 교토다. 가장 여러 번 간 도시이니 새로울 것도 없지만, 오랜 외국생활에서 귀국하는 기분으로 늘 하는 루틴이 있다. 그중 하나는 교토 빵집 체인인 시즈야(SIZUYA, 고베에도 같은 이름의 굉장히 유명한 빵집이 있지만 다른 곳이다)에 가서 카르네라고 불리는 160엔짜리 샌드위치를 먹는 것이다.

사흘 이상 교토에 머물 때면 두 번 이상 하는 루틴이 또 있다. 이 산책을 위해서 나는 굳이 기온 근처에 숙소를 잡기 위해 노력한다. 늘 다니는 호텔은 시조카라스마의 비즈니스호텔 체인. 그곳에서부터 천천히 걸어 가모강을 건너 야사카진자로 간다. 이 도시에 머물 때면 무라카미 하루키는 이 가모강에서 조깅을 한다고 했었지. 낮에도 오후에도 늘 사람이 많은 곳이다. 그래서 대체로 새벽에 찾는다. 아예 한밤중이나.

이 코스를 특히 애정하는 이유는, 기요미즈테라라는 교토 최고의 관광지는 무려 새벽 6시에 문을 열고, 입장료가 300엔밖에 되지 않으며, 연애운을 잘 맞춘다는 지슈진자가 그 안에 있어서다. 보통은 7시 정도에 느슨하게 걸어서 야사카진자를 통해 문 닫힌 상점가를 걸어 올라간다. 돌로 된 산넨자카의 길과 니넨자카의 길은 갈 때마다 사진을 찍게 되는데, 산넨자카에서 넘어지면 3년, 니넨자카에서 넘어지면 2년 안에 재앙이 찾아온다든가, 죽음이 찾아온다든가. 가끔 여기서 넘어지는 사람을 볼 때가 있다. 그러면 넘어진 본인도 주변 사람들도 모두 순간 숨을 멈추고 어찌해야 할지 모르는 표정으로, 이내 아무 일 없다는 듯이 더 빠르게 걸어 현장을 빠져나간다. 어쨌거나 맑은 공기를 마시며 부타이에 선다. 겨우 이것 걷고도 숨을 골라야 한다.

기요미즈테라의 부타이는 나무로 된 거대한 본당의 툇마루. 못을 쓰지 않고 거대한 나무 기둥으로 만든 곳이다. 이곳에서 사진 찍는 사람들이 가장 자주 카메라에 담는 곳이다. 부타이는 '무대'라는 뜻도 되는데, 큰 결심을 할 때 "기요미즈 부타이에서 뛰어내릴 각오다"라고 할 정도로 상징적인 장소다. 새벽에 오르면, 실제로 무엇이든 빌거나 결심하게 된다.

지슈진자는 연애점을 잘 맞춘다고 해서 유난히 어리고 젊은 관광객이 몰리는 곳이다. 여기에는 '사랑의 돌'이 있다. 이 돌이 두 개 있는데, 눈을 감고 한 돌에서 다른 돌까지 걷기에 성공하면 사랑이 이루어진다(이 표현의 속뜻이 무엇인지 투덜거리는 사람이 되었다. 지금의 나는). 교복 입은 학생들은 이 돌 사이를 끊임없이 오간다. 하지만 눈을 감고 '똑바로 걷는다'는 일은 생각처럼 쉽지 않다. 친구들이 옆에서 "왼쪽!" "오른쪽!" 하고 속삭이는 소리가 들린다. 그렇게 친구 도움으로 성공하면 그 연애는 친구의 도움으로 성공하게 된다고 하는데, 믿거나 말거나다. 남학생들이 하는 것도 종종 본다. 똑바로 걷는 친구에게 "왼쪽!" "오른쪽!"을 외쳐 흐트러뜨린다. 사내 녀석들이란. 아, 그러면 그 연애는 친구가 망친다는 뜻이 되려나.

지슈진자 아래 계단으로 내려가면 바로 오노타키폭포인데, 왼쪽으로 난 길로 돌아가는 쪽이 볼 게 더 많다. 기요미즈의 부타이를 사진에 담기 좋은 자리다. 그렇게 저렇게 걷다 보면 어쨌거나 오노타키폭포 앞을 지나게 되는데, 폭포라기엔 규모가 작은 이곳은 세 줄기의 물줄기를 받아 마실 수 있게 되어 있고 지혜, 사랑, 장수를 얻을 수 있다고 한다. 이 물 마시기 역시 처음 두어 번은 도전했던 기억이 있는데, 거기에 서면 또한 재미있는 대화가 들려온다. 막상 물줄기 뒤에 서서 손잡이가 긴 컵을 받아들면 사람들은 모두 헷갈려하기 시작한다. "어느 게 사랑이야?" "장수는 뭐야?" "왼쪽부터라는데 폭포 뒤에서 왼쪽이야 폭포 앞에서 왼쪽이야?" 뒤에 길게 늘어선 줄을 보던 사람들은 급기야 세 물줄기의 물을 모두 마셔버린다.

이렇게 크게 원을 그리듯 기요미즈테라를 한 바퀴 돌고 나오는 길에는 작은 연못이 있다. 봄에는 이 연못에 드리운 벚꽃이 있고, 며칠 늦으면 벚꽃 잎이 하얗게 물 위에 뜬 모습을 보게 된다. 이른 아침의 산책을 마치면 이제 나가는 길에 들어오는 인파와 마주치게 된다. 그렇게 슬슬 올라온 길을 되짚어 내려간다. 산넨자카에 있는 이노다커피에 들어가서 조식을 먹는다. 제대로 서빙하는 커피와 다정한 크기의 안뜰이 내다보인다. 이 아침은 은근 비싸서 자주 먹게 되지는 않고, 아쉬운 대로 커피향 맡으며 커피 용품을 구경하는 정도로 만족하기도.

이 산책 이후에 다음 일정을 이어갈지 숙소로 들어가 늘어지게 늦은 아침잠을 잘지는 선택. 까짓 거 일하러 온 것도 아닌데 하고 싶은 대로 하는, 늦은 오후의 사치.

이 루트는 최근 2~3년 새 부쩍 인기가 높아졌다. 이제는 새벽이나 밤 시간이 아니면, 기요미즈테라는 오르지 않는다.

지금은 부산(국제영화제) 출장이라면 보통 KTX를 이용하지만, 한 때는 비행기를 타고 다녔었다. 한번은 편집장이던 선배가 창가 자리 를 배정받았다. 나와 다른 선배 둘이 부러워하자 그 선배는 자리를 선뜻 양보했다. "나는 상관없어"라는 한마디를 남기고 그 선배는 복 도 자리로 옮겨 자기 시작했다. 그때 놀란 기억이 있다. 이렇게 설레 는 비행기 탑승을 두고 잠을 자다니. 고작 50분밖에 못 타는데!

나는 비행기 타는 것을 너무나 좋아할 뿐더러 창가 자리 매니아 였다. 많이들 그렇듯 말이다. 창가에 앉아서 구름만 보고 있어도 좋 았다. 기내식도 정말 좋아했다. 언젠가 뉴질랜드에 갈 때는 비행기

를 오래 타려고 일부러 싱가폴에 들르는 환승 표를 샀다. 드는 시
간에 비해 특별히 싼 것도 아니었는데. 이제는 그렇지 않다. 비행기
는 세 시간만 타도 너무 고통스럽다. 장거리일수록 복도 자리에 앉
는다. 가능한 비행기는 타지 않으면 좋겠다고 생각한다. 이동시간만
생각해도 피곤하다.

무라카미 하루키의 단편 중에 좋아하는 작품이 있다. 〈서른두 살
의 데이트리퍼〉. 나이 먹고 다시 읽으며 그 뜻을 새삼 깨달아 웃은
작품이다. 한 남자가 기차를 탄다. 젊은 여자가 옆에 앉았다. 그는,
창가 자리를 그녀에게 양보한다. 그래도 되겠느냐고 여자가 설레어
하며 묻는다. "너보다는 훨씬 따분함에 익숙해져 있다. 그저 그뿐이
란다. 전신주 세기에도 지쳤다. 서른두 살의 데이트리퍼day-tripper."

전신주 세기에도 지쳤다. 그런 기분이다.
그래서 더 열심히 여행을 다니려고 노력하는지도 모른다.
어차피 언젠가는 이 모든 일을 더 싫어하게 될 것이다, 지금보다는.
지금, 할 수 있는 것을 한다.

마흔한 살의 데이트리퍼.

여름으로
가는
문

지금껏 잡지사에서만 경력을 이어온 나는 박봉이고 마감이 버거운 이 직업의 가장 큰 장점으로 '휴가를 아무 때나 갈 수 있다'와 휴가사용이 보장된다는 점을 꼽는다. 보통 추석 연휴가 끝나고, 부산국제영화제가 끝난 뒤, 연말 특대호를 만들기 전, 그러니까 11월쯤 휴가를 갔다. 비수기라서 어딜 가도 싸게 여행을 다닐 수 있다.

봄이나 가을도 장소에 따라서는 성수기가 된다. 한국의 봄, 가을은 짧아서 문제지 날씨만으로도 무한히 행복한 기분을 만끽할 수 있는 때가 된다. 이 계절의 기분을 한마디로 요약하면, 영원히 걸을 수 있을 것 같다. 스피츠의 노래 〈운명의 사람〉 가사를 빌면, '달린다

아득한 이 별의 끝까지'의 기분. 이런 때는 집 근처 산책을 가장 열심히 하지만, 벚꽃놀이나 단풍놀이를 위해 일본도 꽤 다녔다. 성수기에는 방 잡기도 어렵고 식당 빈 자리 찾기도 어렵고 극심할 때는 매표소 줄을 30분씩 서서 들어가 앞사람과 밀착하다시피 걸어야 하기도 하지만, 다녀보면 성수기가 성수기인 이유가 있다. 그때가 아니면 볼 수 없는 풍경이 있다. 사진으로도 충분히 아름답다고 생각하는 사람들도 있지만, 여행의 재미라는 것은 통통 부은 발과 견딜수 없는 허기짐, 약간 춥거나 더운 날씨와 더 모든 불평을 일시에 잠재우는 "와…"의 순간, 말을 잊게 하는 그 한순간에 있다고 생각한다. 사진에는 상쇄해야 할 고통이 없다. 원래 상쇄해야 할 고통이 있으면, 별로 안 좋은 것도 더 좋게 느끼고 그러는 법이거든. (웃음) 그리고 그런 정신승리는 어떤 경험이든 '잊을 수 없는' 것으로 만든다. 여행지에서 찍은 사진 중에 남들이 보면 의미 없지만 내게는 의미 있는 사진들이 있다. 그건, 거기 숨은 이야기를, 프레임 밖의 사연을 나는 몸으로 기억하고 있기 때문이다.

성수기에는 여행을 잘 가지 않는다. 하지만 7월 말과 8월 초, 그 무더위를 꾸역꾸역 참으면서 체력이 바닥을 치는 가운데 출근을 하고 11월만 쳐다보고 있는 것보다, 차라리 잠깐 쉬고 나면 훨씬 견딜 만해진다. 그리고 도시가 아닌 자연을 좋아한다면 대체로 겨울보다는 여름이 여행하기 수월하다. 태양이 내리쬐는 가운데 땀을 뻘뻘 흘리며 차가운 물을 연거푸 들이마시며 걷는 여행은 자주 할 것은 아니지만 사실 거의 항상 좋은 기억으로 남아 있다. 여름에 하기 가장 좋은 일은 여행이니까. 여름이라는 계절의 한복판에서 살아 있다는 기분을 만끽한다. 땀에 절어 파김치가 된 기분인데도 생기가 남아 있다는 느낌이 드는 건 여름 여행의 백미다.

로마는 정말 최고로 좋았는데 날씨가 너무 더웠고, 콜로세움도 상상을 뛰어넘게 좋았는데 날씨가 너무 더웠고, 그 더위에 바가지 씌우는 생수판매노점상에 인간에 대한 모든 신뢰를 잃어버리고 나 자신이 녹아내려 한 줌 진흙이 되어가는 기분이 되었다. 죽을만치 덥고 피곤한데 아등바등 그곳에 더 머물고자 한다는 일. 진짜 로마에서나 가능한 일.

치앙마이에 가면 강을 따라 있는 클럽(밴드가 라이브로 연주를 하고, 손님들은 테이블에 앉아 식사를 하거나 음악을 들으며 춤을 추기도 한다. 춤이 중심인 클럽은 또 따로 있긴 하지만)에 가게 된다. 여름여행이라고 하면 이때가 가장 먼저 떠오르는데, 내가 여행을 간 게 여름이기도 했거니와 치앙마이가 타이에서 그나마 덜 더운 편이라고는 해도 한국과 비교할 수 없을 정도의 온도와 습도를 자랑하는 여름 그 자체인 곳처럼 느껴졌기 때문이다. 치앙마이에서 술을 마실 때 신기했던 것은 맥주를 주문하면 차갑게 얼린 컵과 함께 주는 문화였다. 직원이 테이블 사이를 돌아다니며 맥주를 따라준다. 맥주만으로는 금방 취하지 않아 소주와 섞어 '소맥'을 말아 마시는 땅, 대한민국의 딸

인 나는, 얼음이 녹으면(얼음도 리필해준다) 맥주가 맹탕이 되는데 대체 이게 술이야 물이야 하는 의아함을 느꼈지만, 애초에 술을 대단히 즐기지도 않다 보니 그렇게 밤이 깊어지도록 물 같은 맥주를(사실 대단히 시원하지도 않다. 밤도 덥기 때문이다) 홀짝이며 음악을 듣고 대화를 나누는 일이 퍽 즐거워졌다. 이상한 일이지만, 정말 시간이 느리게 흐르는 기분이 든다. 내일도 모레도 그렇게 나와서 맥주 한 병을 얼음 잔에 따라가며 마시는 인생을 언제까지고 살 수 있을 것처럼. 시간이 고여 있기도 하고 흐르고 있기도 한 기분. 다프트 펑크의 〈Get Lucky〉가 나올 때 환호하며 춤추던 기억도 난다. 여름밤이라고는 해도 매 순간 땀으로 목욕을 하고 있었는데 그러고도 괜찮다고 생각한 것은 역시, 휴가 중이었기 때문이겠지. 음악을 듣다가 잠시 클럽 문간에 앉아서 늦은 밤에도 툭툭을 타고 다음 놀 곳으로 이동하는 사람들을 한참 바라보았다. 젖은 담요를 뒤집어쓰고 보일러를 풀가동한 것 같은 밤에, 클럽 지붕 너머로 헤아릴 수 없는 수의 나무들이 어디까지고 뻗어 있는 모습을 보면서, 저기서 어떤 존재가 걸어 나와도 이상할 게 없겠다 싶어졌다. 아피찻퐁 위라세타쿤의 영화들의 이해하기 어렵던 부분들은 어쩌면, 그냥 타이라는 나라의 이런 공기를 담아냈을 뿐인지도.

친구와 여름의 오사카-교토를 여행한 일이 있었다. 가장 여름답게 불사르듯 놀았던 게 한여름 교토였다. 모든 색이 선명한 계절의 아름다움이 있다. 특히 여름 교토의 미즈요캉(水羊羹, 물양갱)은 천하

무적. 교토의 유명 화과자점에서는 여름에 거의 예외 없이 물양갱을 취급한다. 슈퍼에서도 구입 가능하지만 가능한 제대로 만든 것을 사 먹는 편이 좋다. (화과자점을 잘 모르겠는 경우는 백화점 지하 식품매장의 양갱 가게에서 문의할 것.)

　어쨌든 친구와의 간사이 여행에서 나는 교고쿠 나츠히코의 《망량의 상자》를 가져가서 밤새 읽었고, 친구도 가져온 책을 밤새 읽었다. 둘이 호텔 자판기의 맥주를 끝도 없이 뽑아 마시며 책을 읽다가 얘기를 하다가 하며 거의 밤을 새웠다. 눈을 뜨니 이미 호텔에서 무료로 제공하는 조식 시간은 지나 있었고, 어차피 조식을 놓친 김에 다시 잠들었다 눈을 떴을 땐 해가 중천에 떠 있었다. 사실 아무것도 하고 싶지 않은 하루였지만, 교토까지 같이 여행을 간 김에 어디든 가자는 생각이 들어 오사카에서 전철을 타고 니조성으로 갔다. 니조성 출구로 나섰는데, 갑자기 앞이 안 보일 정도로 비가 오는 것이었다. 나와 친구는 약간 아쉬운 척을 좀 하다가 그대로 오사카로 돌아가서 쇼핑을 하고 식사를 했다. 하루를 완전히 공친 셈이었다. 지금은 더 이상 연락을 하고 지내지 않는 친구인데, 근사한 예술작품을 창작하는 친구의 활약을 멀리서 지켜볼 때면, 종종 그날이 떠오른다. 하고 싶은 대로 다 해버리고, 그 결과 아무것도 하지 않았고, 그래서 더없이 충만했던.

Nobody Knows the Trouble I've Seen

"무사태평으로 보이는 사람들도 마음속 깊은 곳을 두드려보면 어딘가 슬픈 소리가 난다."

–《나는 고양이로소이다》, 나쓰메 소세키

여행 다니는 사람이라면 팔자 좋은 사람이라고 생각하는 시선도 있다. 아니라고 할 수는 없겠다. 왜 그렇게까지 돌아다녀야 하는지 잘은 모르겠으나, 떠날 준비를 하거나 떠나 있거나 할 때 즐거움을 크게 느꼈으므로 그렇게 살 수 있도록 노력하고 있다. 하지만 무사태평이라는 것은 제3자의 시선에나 존재하는 유니콘 같은 상태다. 1인칭 주인공 시점으로 사는 우리는 '나의 인생'에 대해 다들 약간의 연민과 약간의 우울, 그리고 약간의 도취가 범벅이 된 감정을 갖고 있다. 무사태평이라니. 그런 건 남에게나 하는 말이다. 여행에 중독된 인간들 역시 그렇다.

20대에는 여행을 어떻게든 해보려고 고생을 마다하지 않았고, 여행하면서 한 고생은 잘했다고 생각하고 있다. 어차피 이제는 하고 싶어도 못하는 일이니까.

여행의 무엇이 좋으냐고 묻는다면 지금 나의 대답은 이렇다. 공기가 다르고, 그 안에 있는 게 좋다. 그 나라의 음식 냄새, 사람들의 분위기, 역사와 문화자본 같은 모든 것들이 그냥 그 안에 서 있는 것만으로 어느 정도 느껴진다. 낯선 풍경에 노출되는 것만으로 더 공부하고 싶어지고 호기심이 생기고 정신적으로 건강해진다.

정신적으로 건강해진다.

여행 직후 만난 사람들이 "예뻐졌다"고 할 때가 있다. 예뻐졌을 리는 없다. 하지만 표정이 완전히 바뀌어 있다. 피부도 건강해지고 표정은 밝아지고 여유도 생긴다. 애석하게도 오래 가지는 않지만.

《지도 위의 인문학》에는 지도의 개념이 얼마나 바뀌었는지를 이야기하며 구글 맵과 GPS 기반의 각종 서비스 예를 든다. "지도는 당신을 '테라 인코그니타(Terra Incognita, 미지의 땅)' 가장자리까지만 데려가서 내동댕이칠 수도 있고, '당신의 현재 위치'를 알려줌으로 써 자신이 어디 있는지 안다는 안도감을 안길 수도 있다." 원래 지도는 '나의 위치'를 확인하기 위해서도 유용한 물건이었다는 뜻이다. 세계를 파악하기, 그 안의 나를 확인하기. 그러던 것이 달라졌다. 이제 우리는 지도를 '나의 위치'를 중심으로 본다. 예전에는 지도를 펴서 그 위의 지형지물 중 내 눈 앞의 것을 찾아내고 그 뒤에도 방향을 확인하고서야 나의 위치 파악이 가능했다. 하지만 이제 스마트폰 지도에는 내 위치부터 뜨기 때문에, 내가 어디 있는지 알기 위해서는 지도를 점점 키워가며 확인해야 한다. 지도 보기의 방식이 좁혀가기에서 넓혀가기로 바뀌었다고 할 수도 있으리라.

여행 역시 그러하다. 나의 좌표를 움직여가며 넓은 곳으로 나아간다. 거기 뭐가 있는지는 내 알 바 아니다. 때로 익숙한 코스를 답습할 때도 있고 낯선 코스에 도전할 때도 있다. 그게 재미있다.

하지만 이런 희망찬 생각을 잔뜩 하다가도 여행 떠나기 전날이면 "가지 말 걸 그랬어" 증후군에 시달린다. 돈 낭비 시간 낭비다. 그냥 쉴 일이지 뭘 어딜 가겠다고 꾸역꾸역. 괜히 속상해한다. 그러다 보면 집을 나서야 할 시간이 된다. 뭐가 뭔지 모르겠는 상태로 일단 집 문을 나선다.

여행이라는 게 현실을 돌파하기 위한 절박한 안간힘이 아닐까 생각한 적이 있었다. 집을 살 만큼의 돈은 없고 앞으로도 없을 것 같은데, 여행 갈 돈 정도는 늘 벌고 있으니까, 그래서 여행에 매달리는 걸까 하고. 혹은, 가족을 위한 생활비를 내느라 미쳐가던 시기에도 꾸역꾸역 여행을 다닌 것은 유희나 여흥이라기보다는 발악 같은 건 아닐까 하고. 그 모든 것은 다, 사실일 것이다. 그리고 가족을 위한 생계를 책임지지 않아도 되게 되자, 나는 여행을 그만두는 게 아니라 더 마음 편하게 여행을 다녔다. 나는 돈이 더 생긴다면 더 멀리 더 편하게 여행하고 싶어지는 유형의 인간이었다. 그냥 실컷 해보고 나면 이걸 정말 좋아하는지, 아니면 그저 결핍된 것이라 원한다고 착각하는지 알 수 있다.

부디 오래오래 여행 다닐 만큼 건강하고 돈도 벌어야 하는데. 나의 근심은 이것뿐이다. 여행지에서 마지막 날이면 다음 여행을 검색하고 있을 때가 적지 않다. 그렇게 쌓은 경험으로 지금 이렇게 글을 쓰고 있다는 게, 정말 행복하다. 기억하고 싶은 일이 참 많았다. 명절 연휴에 동생 부부의 몫까지 비행기표를 살 수 있게 되었다는 것은 내가 현재의 내 삶에 대해 가장 만족하는 부분이다. 하지만 이제 슬슬, 비행기 타는 것이 재미가 아닌 '일'로 느껴진다. 앉아서 8시간, 12시간을 견뎌야 하는 야간버스 이동은 마지막으로 했던 때 허리를 펴지 못하고 반나절을 고통받았던 기억이 생생하다. 여행지에서 제대로 식사하지 못하고 맥도널드만으로 버티는 일은 더 이상 하고 싶지 않다(이것은 맥도널드 값으로 먹을 수 있는, 더 맛있는 길거리 음식이 많음을 배웠기 때문이다).

10년 뒤의 나는 이 책에 적은 추억과 생각을 어떤 식으로 반추하고 있을까. 하지만 이 모든 근심은 아직 오지 않은 일. 가능한 여행의 즐거움은 지금, 여기에 나와 함께 있다.

그리고 시간이 흐른다. 나는 다시 집 문을 연다. 문간에 서서 크게 한숨 들이마신다. 집 냄새.

p.s.

맺는 말의 제목 'Nobody Knows the Trouble I've Seen'은 재즈 스탠더드 넘버. 나는 이 곡을 정말 사랑하는데, 여행 가서는 절대 듣지 않지만 집에서 잠 못 드는 새벽에는 참 자주 듣는다. 내가 가장 아끼는 버전은 아르네 돔네루스와 구스타프 스요크비스트의 〈Antiphone Blues〉 앨범에 실린 연주, 그리고 찰리 헤이든과 행크 존스의 〈Steal Away〉 앨범에 실린 연주다. 나는 이보다 더 '지상의' 음악을 알지 못한다. 낙원에 살고 있지 못한 인간만이 아름다움을 발견할 수 있는 음악이다.

언제나 나와 함께 계시는 외할머니, 어머니, 아버지께 감사드린다. 가족이 있다는 건 그 가족을 위해 특화된 여행선물들을 챙겨온다는 의미. 그때 그 분들을 위해 사던 물건들을 이제 사지 않게 될 때마다, 옛 시간이 그리워진 다. 아버지와 함께 떠나신 큰아버지께도 감사인사를 하고 싶다. 내게 유럽 이 동화책 속에만 존재하던 시절에 유럽여행을 하셨고, 아버지를 위해 리카 르도 무티가 지휘하는 베토벤 교향곡 음반을 사다 주셨다. 그게 내가 현물 로 처음 만져본 다른 나라의 문화였다.

최고의 여행 동반자인 동생과 올케에게도 감사한다. 이 책을 쓰면서 가장 즐거웠던 몇 부분은 그 두 사람에게 빚진 것이다. 더불어 이 책에 이니셜로 언급된 많은 친구들에게 감사한다. 함께 시간을 보내주어서, 그리고 내가 모르던 것들을 더 알게 해주어서 감사한다.

이 책에 멋진 제목을 달아주는 일을 포함해, 오랜 시간 원고를 기다려주 고 몇 번의 컨셉 교체를 인내해준 편집자 박지수 님께 감사한다. 이 책에 실 린 글의 첫 번째 독자였고, 가장 믿을 수 있는 독자이다. 박지수 편집자가 아니었다면 이 책은 결코 선을 보일 수 없었으리라.

사진 출처

표지사진 Photo by Aaron Burden on Unsplash
124쪽 Photo by Artificial Photography on Unsplash
157쪽 Photo by Alexander Possingham on Unsplash
164쪽 Photo by Cater Yang on Unsplash
214쪽 Photo by 훈도사(blog.naver.com/swiss9769)
237쪽, 244쪽 Photo by Rie

**여기가
아니면
어디라도**

초판 1쇄 발행 2017년 8월 7일   초판 4쇄 발행 2019년 6월 7일

지은이 이다혜
펴낸이 연준혁

출판 2본부 이사 이진영
6분사 분사장 정낙정
책임편집 박지수
디자인 김준영

펴낸곳 ㈜위즈덤하우스 미디어그룹
출판등록 2000년 5월 23일 제 13-1071호
주소 경기도 고양시 일산동구 장항동 정발산로 43-20 센트럴프라자 6층
전화 031) 936-4000 팩스 031) 903-3895 홈페이지 www.wisdomhouse.co.kr

값 14,000원   ISBN 978-89-5913-539-4 03810

이 도서의 국립중앙도서관 출판예정도서목록(CIP)은 서지정보유통지원시스템 홈페이지
(http://seoji.nl.go.kr)와 국가자료공동목록시스템(http://www.nl.go.kr/kolisnet)에서
이용하실 수 있습니다. (CIP제어번호 : CIP2017018462)